KIRMIZI odadan HİKÂYELER

Mustafa Arslanturalı'ya
en içten
sevgilerimle...

Güzel yarınlara...

ALPER SALDIRAN

KIRMIZI ODADAN HİKÂYELER

Alper Saldıran

Genel Yayın Yönetmeni: Mustafa Kutlukhan Perker
Yayın Koordinatörü: Mesud Ata
Editör: Sinem Aktaş
Kapak Tasarımı ve Fotoğraf: Fethi Karaduman
Reklam ve Tanıtım Müdürü: Bilgen Ülgen

1. Baskı: Kasım 2020

ISBN: 978-625-7217-23-1

İmtiyaz Sahipleri: Yelda Cumalıoğlu, Mustafa Kutlukhan Perker
KaraKarga Yayınları, Destek Yayınları'nın alt kuruluşudur.

Yayıncı Sertifika No: 13226
Adres: Abdi İpekçi Cad. No 31/5
Nişantaşı / İstanbul
Tel: (0 212) 252 22 42
Fax: (0 212) 252 22 43

karakarga.com
info@karakarga.com
karakargayayinlari
karakargayayinlari
karakargayayin

Baskı: Baskı: Deniz Matbaa Mücellit
Adres: Maltepe Mahallesi Hastane Yolu,
Sokak No 1/6 Zeytinburnu - İstanbul
Tel: 0 212 613 30 06
Matbaa Sertifika No: 48625

KARAKARGA

Anneannem Esin Arasta Anısına...

İçindekiler

Kırmızı Zarf

Tam ne zaman hatırlamıyorum ama en az beş sene önce, bir gece, galiba sabaha karşı kendime bir mektup yazmış, kaybolmasın diye kırmızı bir zarfa koymuştum. Bugün kapı çaldı. Postacı kırmızı bir zarfla geldi. Hemen anladım ki, o mektup. İçinde yazanları tam olarak hatırlamıyorum ama yazarken içim kıyılmıştı, onu hatırlıyorum. Bu mektup nasıl bana geri döndü, anlamadım. Bunu irdelemek de istemiyorum, umurumda değil. Sadece okumak için sabırsızlanıyorum. Acaba tam olarak neler yazmıştım? Postacıya teşekkür ettim, birkaç kâğıt imzaladım, kapıyı kapattım, hızlıca içeri girdim ve koltuğa gömüldüm. Zarfa zarar vermek istemiyordum ancak bir yandan da hemen açmak istiyordum. Hızlı ve dikkatli bir şekilde zarfı açtım ve kendimle baş başaydım.

Hayat, annenin ve babanın, sana vermediği ya da veremediği sevgiyi dışarılarda arayıp bol bol hayal kırıklığı mı yaşamak?

Kendi kendine kalamamak mı?

En ufak esintilerde bile çöken psikolojin mi?

Her gördüğün limana yan yan yanaşmaya mı çalışmak?

Kendin dışında herkesi suçlamak mı?

Sana yapılanların faturasını başkalarına mı kesmek?

Etrafına bizzat kendi ördüğün kalın duvarların içinde sıkıldım artık diye haykırıp, duvarlara çarpa çarpa ufak bir çatlak bulmak çabasıyla senin dışındaki dünyayı izlemeye mi çalışmak?

Bir ömür boyu mutluluğun peşinde koşmak mı?

Bitmeyen yorgunluğun mu?

Bir türlü, hiçbir şeye başlayamaman mı?

Anlamasan da anlamış gibi yapmak mı?

Yoksa o bitmeyen sevişme isteğin mi?

Bir tutam kahkaha için kırk takla atmak mı?

Ya da olur olmaz yerlerde manasızca anıra anıra gülmek mi?

İçindeki sıkıntılar gözükmesin diye her an her yere yüzlerce maskeyle mi gitmek?

Gördüğün her aynaya acaba nasıl görünüyorum diye çaktırmadan bakmak mı?

Kendi kendine durmadan kavga edip, çözülmemiş basit sorunlarından, bir dağ yaratmak mı?

Sonra da bu dağın karşısında, küçücük kalan kendine mi acımak?

Yoksa istemeye istemeye yaptıkların mı?

Herkesin gözünün içine bakışlarınla fırlattığın, dışından gülerken bile içinden söylediğin "Acılarım var benim" ile başlayan cümleler mi?

Kuyruğu dik tutma çabasıyla hiç kimselerle paylaşmadıkların mı?

Durduk yerde kırdığın kalpleri, fark ettikten sonra deli dana gibi tamir etme çaban mı?

Her yerde, durup dururken, sen daha konusunu bile açmadan anlaşılmayı beklemek mi?

Ona buna, durduk yerde uyuz olmak mı?

Kendi karanlık kuyunu saklamak için her sohbette birilerini mi gömmek?

Peki, geceleri sarhoş olup, ondan bundan sevgi dilenmek mi?

Yabancı kolların arasında alınamayan uykular mı?

Adını bile hatırlamadığın insanlarla sevişmeler mi?

Birinin elinden tutup sana güç vermesini mi beklemek?

Durmadan olmayacağını bile bile beklemek mi?

Dikkati üzerine çekmek için boş yere yaptığın yaygaralar mı?

Aynalarda bir gün kendini beğenip bir gün beğenmemek mi?

Muhteşem giyinip acaba kimler bana bakıyor diyerek, caddelerde yürümek mi?

Ölümün soğukluğu karşısında dikilip boş boş konuşmak mı?

Değirmenlere meydan okumak mı?

Ne lan bu hayat?

Bu kitapta geçen olaylar ve kişiler gerçek hayattaki kişilerle benzerlik gösterse de tamamen hayal ürünüdür. Bazen rahatsız edici olabilir. Lütfen üstünüze alınmayınız.

Çevirme Tavuk ve Pidenin Aşkı

Karşılıklı dükkânlardaydılar. Her gün gizli gizli bakışsalar da birbirlerine baktıklarını biliyorlar fakat bilmezden geliyorlardı. Tabii ki bakışları ilk yakalayan çevirme tavuktu. Pide, tavuğun bakışını çok sonra yakalamış, havalara uçmuş ve hemen ardından, hiç vakit kaybetmeden bir ufak baş selamı vermek suretiyle bu bakışmayı bir adım ileri götürmeye karar vermişti. Kendi kendine durmadan, "O da bana baktı, o da bana baktı," demişti, yüzlerce kez. O gece uyuyamadı "Bir baş selamı vermek, nasıl yani? Nasıl bu kadar uyutmayacak kadar heyecanlandırır? Bu bir mucize." Bu duygularla bir sonraki günü iple çekmeye başlamıştı. Belli ki güneş yarın bambaşka doğacaktı. İçinde sevinç, korku, merak, sabırsızlık, heyecan, kaygı ve daha önce yaşamadığından adını koyamadığı duygular geziniyor, zaman geçmek bilmiyor, yüz şekli sürekli değişiyor, bir yandan da bütün gücüyle cesaretini toplamaya çalışıyordu. Bir ufak baş selamı vermek bu kadar zor olabilir mi? Oluyor işte, bazı durumlar var ki asla karşı koyamazsın. Bu duygular geldiğinde kaç yaşında olursan ol, mantık devreden çıkar, bir anda düşünme yetisi kaybolur gider, insanın içinde âdeta onu kontrol eden hiç bilmediği, bambaşka bir mekanizma devreye girer.

Bundan habersiz tavuk için her şey çok normaldi, zaman onun için gayet rahat akıyordu. Çünkü o pide gibi yalnız değildi. Fıstık yeşili bir sepette diğer arkadaşlarıyla dip dibe, durmadan sohbet ederlerken zamanın nasıl aktığından habersizlerdi. Bulundukları yer dayanılmayacak kadar soğuk olmasına rağmen yıllardır, muhabbetle içlerini ısıtmayı öğrenmişlerdi. Muhabbetleri de genelde pideler üzerineydi. Zaman zaman hiç çözemedikleri ciddi tartışmalar yaşarlardı, tansiyon yükselirdi. Bu anlarda hareket edebilseler birbirlerine fiziksel şiddet uygulayabilirlerdi. "Pide bana baktı, hayır bana baktı, sen hep böylesin zaten dikkat hep sende olsun istiyorsun, ay canım öyle mi? Sen kendine bak, saçmalama, güldürme beni". Yıllardır tartıştıkları bu konunun çözülemeyeceğini bildiklerinden rahatlardı. Sesleri de birbirlerine benzerdi tavukların. Sadece onlar, kimin konuştuğunu ayırabilecek hassaslıkta kulağa sahiplerdi. Dışarıdan biri onları duyabilse, bir kişi nasıl bu kadar durmadan konuşabilir derdi. Bu arada, çevirme fırınına girmeyecek tavukları, tavuk olarak bile görmezlerdi, onlarla hiçbir şekilde muhatap olmazlardı. Onların fısıltılı konuşmaları ise hep çevrilecek tavukların ne kadar havalı oldukları ile ilgiliydi.

Yine o akşam bunlar konuşulurken, aralarında ki sessiz tavuklardan biri, yüksek sesle araya girdi, "Yeter artık sıkılmadınız mı? Hep aynı terane. Her ne kadar sinir olsam da hiç ağzımı açmadım bu konularla ilgili, pideyle bugün ben göz göze geldim. Çok farklı bir bakıştı bu," dedi. Bir anda bütün tavuklar sustu ve dikkatlerini konuşan tavuğa çevirdiler. Bütün gece tek bir kelime etmemişti, şimdi konuştu, demek ki boş konuşmuyor, acaba bu doğru muydu? Sonunda pidenin kime baktığını bulmuşlar mıydı? Düşünceler kafalarda uçuşurken, öne atılan tavuk devam etti, "Yarın umarım, fırının rezistansına yakın takılırım, önce ben kırmızı olurum. O pidenin bakışı bana öylesine değildi. Yarın hepiniz göreceksiniz," dedi. Bu durum bütün tavukları heyecanlandırmıştı. Sabaha az vardı.

Pide adayı, çoktan planını olgunlaştırmıştı. Göz göze gelme anları, kısa kısa ve kesik kesikti. Tavuk dönerken hemen baş selamını çakacak, tepkiyi ikinci tura bekleyecekti. Güneş ilk ışıklarını yaymaya başlar başlamaz anahtar şıkırtısı ve kapı açılma sesi hemen gelirdi. O gün de böyle oldu. Her zamanki şıkırtı ve emektar kapının gıcırtısı, bugün sanki muhteşem bir bestecinin bestelediği bir eserin giriş müziği gibiydi. Ve İzzet Usta'nın silueti kapıda belirdi.

Palabıyıklı İzzet Usta, pidenin sanatçısı. Her gün yediği pidelerden muntazam yuvarlak göbeği, kısa boyu, bir taraftan uzattığı saçlarını yana yatırmak suretiyle kamufle ettiğini zannettiği, saçları rüzgâr esince kalıp olarak kalksa da hemen eliyle bastırıp bozuntuya vermediği, üstüne hiç konuşmayı sevmediği keli, kocaman tuğralı altın yüzüğü, hafiften kıllı elleri ve yeni uyandığından yarı açılmış gözleriyle acelesiz bir şekilde içeri girdi. Dünden mayalanmaya bırakılmış hamurdan pide olmaya can atan aday, İzzet Baba'sını görünce gülümsedi. Bu gülümseme biz insanoğlunun anlayacağı bir gülümseme değil, dışarıdan belli olmaz. "Hadi İzzet Baba demle çayını gel kaldır üzerimdeki yorgan misali örtüyü de yoğur bizi, gözümüz açılsın şöyle göreyim prensesimi," diyerek, bekledi. Çok geçmeden su sesi geldi. "Obaa, daha su kaynayacak da çayı demlemeye bırakacak da gelecek de yoğuracak da." Bu şekilde çok düşününce zaman, inadına geçmiyorum işte diye karşına geçip nanik yapar. Ama ne gelir elden "İstediğin kadar nanik yap zaman, ben durduramıyorum kendimi, hadi İzzet Baba hadi. Hadi su, kayna hadi."

Bu sırada, karşı dükkân, yılların tavuk çevirmecisi Süleyman Usta da açtı dükkânı ama pidenin o sıralarda henüz üstü örtülü olduğundan bunu göremedi. Süleyman Usta'nın tam gelme saatini hiçbir zaman kestiremedi. O da yılların esnafı tabii, girer girmez ilk iş, aynı İzzet Usta'nın yaptığı gibi sabah çayını demlemek. Sanırım bu sabah çayı mevzu eski ustaların geleneği. Sanki o çay olmazsa gönülleri hayata küsecek, çalışamayacaklar. Belki de o çay, işlerini bu kadar iyi yapmalarının sırrı. Bir an durdu pide adayı genç delikanlı, "Ulan bu nasıl bir şey? Bak neler düşünüyorum, filozof yaptın beni be, adını bile bilmediğim güzel kız," dedi ve güldü kendi kendine.

Süleyman Usta yıllardır dükkânı İzzet Usta'dan sonra açardı. Fakat bu öyle uzun bir zaman değildi sadece on, on beş dakika. Zamanlama meselesi, onun da ritmi böyleydi. Çay suyunu koyardı, vakitten tasarruf etmek için su kaynarken sakin tavırlarla gündelik kıyafetlerini değiştirir, beyazları giyer, saçlarını tarardı. Tavuklar onu çok severdi, kibar, güler yüzlü, saygılı, sevecen bir adamdı. Yaşı epeyce geçkin olmasına rağmen tığ gibiydi. Çayını demlendi mi hemen dükkânın önüne çıkar. Esnafla selamlaşır. Sabah sükûnetinin bir çay içimlik de olsa tadını çıkarırdı. Zaten bunlar bittiğinde kapanana kadar hiç durmazdı. Bir yandan çevirme tavuklar, bir yandan pişmemiş tavuklar.

O sırada İzzet Usta'dan metal çaydanlığa dökülen su sesi nihayet geldi. Bu sesi iyi tanıyordu pide adayı, üzeri örtülüyken kulakları gözleriydi, artan heyecanıyla, "Hah be çayı suladı, demliyor," dedi. Ses çok geçmeden kesildi, dükkânın kapısı açıldı, İzzet Usta sevecen, yaşlıca ve davudi sesiyle seslendi, "Günaydın Süleyman, işin rast gitsin." Hafif uzaktan gelen bir erkeğe göre ince bir ses karşılık verdi, "Eyvallah İzzetim, hayığlı işleğ."

Pide adayı hamurcağız hareket edebilse tepinecek sevinçten. Derin bir nefes aldı, şimdi örtü kaldırma zamanı, günün en sihirli anı. Çok geçmeden, İzzet Usta hafiften kıllı elleriyle örtüyü kaldırdı. Altın yüzükten seken güneş yansımasıyla pide adayının gözü kısıldı, sonra hemen açıldı, dikti gözünü karşıya. Henüz tavuklar yerleştirilmemişti. Çevirme fırını boştu. Yıllarca çevirmeyle, ne kadar da silinse çıkmayan yağ lekelerinden zar zor gözüken arka tezgâha dikti gözlerini, bir icraat yoktu. Belli ki uyuşuk Süleyman daha çayı demleyememişti. "Hadi be artık, çayını demle de diz şişe tavukları, koy gözümün önüne, kız sen ne güzel dönüyorsun be!"

Süleyman Usta çoktan son yudumunu almıştı çayından. Sanki o son yudumdan sonra biri Süleyman Usta'nın düğmesine basar, bir anda hızlanır ve çalışmaya başlardı. O gün çevrilecek tavukları çıkarır, şişleri hazırlardı. Dolaptan çıkan tavuklar, aynı üzerinden örtü kalkmış hamur gibi ferahladı. Tavuklardan biri, "Arkadaşlar hava ne güzel bugün, durun durun bugün ayrı güzel, hava da aşk kokuşu mu var ne?" dedi, aralarında gülüşmeye başladı diğerleri. Çok geçmeden âşık tavuk, "Ay yapmayın zaten yüreğim ağzımda, heyecandan daha fırına girmeden kıpkırmızı oldum, Süleyman Baba ne olur beni düzgün koy fırına, ilk ben kızarayım ya," dedi. Bütün tavukların içi gitti. "Hadi Süleyman Usta bırak şu çevirme bile olamayan tavukları da diz bizi şişe, koy bir an önce fırına, hepimizde heyecan dorukta."

Pide adayı, genç daha tabii, sabır yok, stres var, geçmeyen nanik yapan zaman var, ateşli, bir an önce olsun istiyor her şey ama matematik onun aleyhine, zaman sussa da geçecek susmasa da. Birkaç saat içinde, bulunduğu boğucu sessizliği mekânın demirbaşı, emektar garson, altın dişli Necdet, durmadan "Çek usta oradan bir kuşbaşı kaşar," deyip bozacak. Mekânın efsanesi, kuşbaşı kaşar, müdavimleri asırlık, aynı İzzet Usta gibi her gün yiyeni var. İstanbul'un bir numarası, karşıdan sırf onun için gelen var. Garson Necdet'in kırk yıllık ömründe en fazla tekrar ettiği cümle, "Çek usta oradan bir kuşbaşı kaşar" artık sürekli bunu demekten sesi çatallaşmış. Ama İzzet Usta ağır adam, müşteriyle yakınlık kurmaz. Belli ki toyken ağzı yanmış. Samimiyetten borç yazdıran, sonra da gelmeyen olmuş. Necdet tabii öyle değil, sorumluluğu az, maaşını gününde aldığı sürece morali bozulmaz, ağzını açmaz. Yıllardır saati bile gecikmemiş maaşın, İzzet Baba'sına hep duacı, özveriyle çalışır dükkânda ahbaplıklarını belli etmez. Bilir ki İzzet Baba gevşekliği sevmez.

Nihayet demlenen çayından bir yudum alma sesi geldi. İşte İzzet Baba için güneşin doğuşu bu andı, ilk yudumun boğazından geçtiği an. Pide adayı bunu her sabah, İzzet Baba'nın kendi kendine çektiği o içten "oh!" tan bilmekteydi. İzzet Baba gün içinde de çok çay içerdi, tiryakiydi. Ama o sabah çayı kadar hiçbir çayın tadını çıkaramazdı. Yoğunluktan, kaç çay var yarısı içilmiş, yarısı kalmış. Hep düşünürdü pide adayı, acaba İzzet Baba'nın en büyük aşkı sabah çayı mı? Ama nerden bilsin, adamcağız sabahları koşaraktan kaçıyor evden. Melahat'a bir yakalansa Melahat ona bir daha hayat hikâyesini anlatacak, şikâyet edecek falan. Aman aman, otuz yıllık Melahat'ı her şeye rağmen, İzzet Baba'nın başından eksik etmesin Allah.

"İzzet Baba hadi artık. Bitir de çayı gel, şefkatli tombul ellerinle bir masaj yap be!." Sonunda cam ve metalin birleşme sesi, bitirdi çayı, koydu altlığa ve ayak sesleri, İzzet baba geliyor, kolları sıvama sesi, parmaklar da kütletildi. O ilk dokunuş, yoğurma başlar. Pide adayı mest, ne kulunç kaldı ne ağrı. Bu yoğurma kızı bile unutturdu be.

O da ne? Süleyman Usta tavukları şişe dizmiş, yerleştirmiş bile "Of ya şu güzelliğe bak. Ölürüm kız ben sana, ne güzel bir an bu; bir yandan İzzet Baba masaj yapıyor, bir yandan da seni izliyorum, bu hep böyle devam etse keşke." Süleyman Usta çevirme fırınını çalıştırdığında, o temizlenemeyen yağlar bir filtre oluşturuyor, hele o dönmeye başladığı an. Sanki açık hava sinemasında, perdede dünya klasiklerinden bir aşk filmi "Kız sen ne güzel dönüyorsun öyle, döndükçe kırmızılaşıyorsun, ben de sana baktıkça. Her turda daha da, daha da güzelleşiyorsun. Ay baktı o da bana," diyerek, hemen çevirir gözlerini. Kaçıncı kez tekrarlandı bu durum bilinmez, milyon kez olmuştur herhalde, belki de daha fazla.

Tavuklar mutluluktan kıkırdıyorlar aralarında. Âşık tavuk rezistansa yakın şişin tam ortasında, sanki sultan tahtında tacıyla, etrafındaki cariyeleriyle oturmakta. Diğer tavuklar da en az onun kadar heyecanlı, bugün hepsi pürdikkat izleyecek "Ya ona gerçekten bakıyorlar da bana bakmıyorlarsa." Fırına girince hepsine bir hal oluyor. Bir anda bakışlar değişiyor. Sanki podyuma çıkan manken edalarında hepsi. Çaktırmadan pidenin bakmadığı anlarda ufak ufak karşı dükkânı kesiyorlar. Aralarında konuşurlarken ağızlarının oynamasını gizliyorlar ki aman pide ona bakıldığını anlamasın, şımarmasın. Âşık tavuğun içinde fırtınalar kopmakta ama dışarıdan bakan için son derece havalı, bu kız kimselere bakmaz tavrında. Sanki hepsi bir şezlongda güneşlenecekler, daha da güzelleşecekler.

İzzet Usta'da bütün hazırlıklar tamam, ilk müşteriler gelmeye başladı. Pide adayı kararlı, bugün verilecek o baş selamı. Başlar macera, bugün olacak, olmak zorunda hadi gazamız mübarek olsun.

Tavuk geçirildiği şişte aynı hızda dönmeye devam ederken, pide adayı hamur, İzzet Usta'nın sanatıyla pideye dönüşmüş. Pide, her bulduğu fırsatta baktığında, tavuğun arkası dönük. Tam göz göze gelecekler, pide fırına girer. Pide fırına girmeden sanki hayatında hiç spor yapmamış birinin gevşekliğinde, lömbür lömbür. Derken bir çıkar fırından, sanki tırtıl kelebek olmuş, kaslanmış, takır takır, bir de yağlandı mı fırçayla, sanki saçlara jöleyi sürmüş yatırmışlar arkaya. Yanıyor, dumanlar çıkıyor. Adeta, antik dönemlerdeki bir Yunan tanrısının heykeli. Çaktırmadan bakıyor, göz göze geldikleri anda patlatacak baş selamını, o da ne? Tavuk fırından çıkmış. Tek onu kesmek için üretilmiş, kâğıt bile kesmekten aciz, tuhaf şekilli, hain bir makasla kesiliyor. "Ah be Süleyman Usta ne yaptın sen? Bırak yaşasın, katil, daha tanışamadık bile yaşayacaklarımız var bizim. Bir de gülüyorsun Gaddar Süleyman, dur artık. Hayır!"

Karşı dükkâna geçtiğimizde sıcacık gülümsüyor Süleyman, "Siftah sizden bereket Allahtan." Tavuk çığlıklar içinde ağlamakta, o kadar emindi ki ona baktığından, "Baba dedik sana Süleyman şu yaptığına bak, en güzel halimde kıyıyorsun bana. Kızlar gördüm bana bakıyordu. Rezil oldum. Gözlerinin içi gülüyordu pidenin bana bakarken, sizde gördünüz." Ona bakan diğer tavuklar, bir yandan içleri kıyılmış halde üzgün, aralarında ona ağlayanlar var, bir yandan da bir kısmı sana bakmıyormuş işte uydurdun diyorlar, kendi aralarında. Kesilen tavuk arada ki camdan onları duyamamakta.

O an pide bir an susar, gülüşü bozulur, bakışları ciddileşir, içi donuklaşır ve ağzından, "Ben buna mı âşık olmuşum?" Cümlesi pes bir sesle dökülür. Büyü bir anda bozulmuştur. "Artık büyüdün, hamur parçası değilsin, koskoca bir pidesin. Takma kafana, bırak. Sana tavuk mu yok? " Sözleriyle kendini telkin ederken, yarım daire şeklinde bir keskin bıçak kararlı hareketlerle, önce kafaya, sonra her yerine vurarak, hızlı ve tekli darbelerle onu parçalar, pide bakışlarını kaldırır. İzzet Baba'nın alnı terli, yüzü çok ciddi. Şoka giren pide hiç ses çıkaramaz. O sırada gözü karşı dükkâna kayar. Bir bakar ki yine göz gözeler.

Tavuk âdeta gülümseyerek, "Oh! Sadece ben değilim, boşuna üzüldüm, bu mu beni heyecanlandırdı? Aptalsın kızım sen," diye geçirirken kafasından, kefenine sarılır ve bir poşete girer, onu daha önce hiç görmediği biri alır ve gözden kaybolur.

O aynı keskin bıçak ıspatulaya dönüşür, pidenin her parçasını metal bir tabağa koyar, bu sırada Necdet gelir, pideyi alır ve ömründe en çok söylediği cümleyi tekrarlar, "Çek usta oradan bir kuşbaşı kaşar." İzzet Usta yeni pide adayı hamuru alır, işe koyulur. Aday çok heyecanlıdır. Acaba o baş selamını bugün verecek mi? Gözü karşıda. Tavukların da gözü karşıda, "Ona bakmıyormuş işte, kesin bana bakıyor eminim," diye düşünüyorlar. Acaba pidenin gözü hangisinde? Tam göz göze gelecekler, emin olacaklar, dönerler. Pide çakacak selamı, "Hadi bu tur olacak, evet geliyor, hadi, ne oluyor ya?" Pide kendini fırında bulur. Bir çıkar, tavuk yok.

İşte yıllardır böyle sürer gider bu hikâye, çevirme tavuklar ve pideler arasında.

Kaktüs

Hafta sonları çalışanların bayramı. Bütün haftanın yükünü atmak için gönlünce yaşayabileceği iki gün. Sermet Bey özel bir şirkette üst düzey yönetici, hali vakti yerinde bir adamdı. Çalışmadığı zamanları gönlünce geçirecek lüksü vardı. Bir yandan da işi bırakamazdı, böyle yaşamak için çalışmak zorundaydı.

Yine bir hafta sonu, evinde tek başına internette gezerken kaktüsler dikkatini çekmiş, kısa zamanda kafayı takmış, acaba bir kaktüs koleksiyonu mu yapsam diye heveslenmişti ve bu yeni bulduğu hobi onu epeyce heyecanlandırmıştı. Çeşitli çiçekçileri gezecek, özel kaktüsleri toplayacaktı. Evin yeterince ışık alan bir köşesini bu yeni hobisine ayıracaktı. Bütün bunları kafasında planlarken gülümsemişti.

Hafta sonunu daha da iple çekmeye başlamış, İstanbul'un çiçekçilerinin listesini yapmış, hafta sonlarını onları gezerek geçirmişti. Elbette internetten de sipariş verebilirdi fakat o gidip bizzat almak istiyordu. İşin esprisi buydu.

Gel zaman git zaman hatırı sayılır bir çoklukta kaktüse sahip olmuştu. Bu süreçte hayalinin gerçekleşmesi, o köşenin yavaş yavaş dolması yüzünü daha da güldürmüştü. Yine bir hafta sonu daha önceden yerini keşfettiği çiçekçiye gitmesiyle başladı her şey. Dükkâna girdi, henüz sabah erkendi. İş yerinin sahibi orada yoktu. On dokuz yaşlarında bir genç onu karşılamıştı. O derhal kaktüsleri sordu. Genç onu kaktüslerin olduğu bölüme götürdü. Sermet Bey gülümsedi. Siyah, yuvarlak, kemik çerçeveli gözlüklerini parmağıyla, kibarca aşağı çekti. Sermet Bey'in eski dönem insanlarını çağrıştıran bir tipi vardı. Siyah beyaz bir filmden fırlamış, hayata düşmüş gibiydi. Sadece tipi bile karşı tarafın ona saygı göstermesine yeterdi. Bunun yanında şık, temiz giyimi, ses tonu ve kurduğu cümlelerle tam bir yöneticiydi. Kaktüslere bakışı sanki hayatını botaniğe adamış bir bilim insanı ciddiyetindeydi. Dükkânda tuhaf bir sessizlik vardı. Kaktüsler hakkında bilgi almak için soru sormak istedi, sorsa sessizliği bozardı ama bugün soru sormaya niyeti yoktu. On dokuz yaşında bir genç sorularımı cevaplamaya yetmez, diye düşündü, vazgeçti. Kafasından bunlar geçerken o muhteşem kaktüs hemen dikkatini çekti. Yılda bir kez açan kırmızı çiçeği güneş gibi parlıyordu. Sanki kafasına bir taç takmış muhteşem bir kadın, ona gözünü ayırmadan bakıyordu. Aslında herhangi bir kaktüs gibiydi ama üzerindeki çiçek, daha önceden hiç rastlamadığı türdendi. O an yine soru sormak istedi, bir nefes aldı, kafasını kaldırdı, çocuğa baktı, sonra yine vazgeçti. Daha önce internette bile eşine rastlamadığı bu kaktüsü evinin köşesine götürmek için sabırsızlanıyordu. Kaktüse döndü. Bıyık altından gülümsedi. Sermet Bey herhangi bir şey satın alırken çok beğense bile heyecanını gizlerdi ki pazarlık yapma şansını kendi kendine yok etmesin. Derin bir nefes aldı, yüzündeki gülümseme ifadesini yok etti ve gence döndü, "Bunun fiyatı nedir?" dedi. Gergin bir andı almayı çok istiyordu, fakat yüksek bir fiyat gelebilirdi. Böyle olduğunda sanki kafasına bir balyozla vurulmuş gibi olurdu. Çok geçmeden, genç cevap verdi, "Altında yazar abi." Sermet Bey saksıyı narince kaldırdı, altında etiket yoktu. Genç ile göz göze geldi. Ee şimdi ne olacak bakışlarıyla genci süzdü. Genç, "Allah Allah, patron bunu yapmaz, demek ki ters bir anına denk geldi, neyse şöyle yapalım abi yanındaki ona benziyor bakalım o ne kadar, elli T.L., bunun çiçeği üstünde saksısı da biraz daha iyi yetmiş desek, sana altmış beş olsun abi," dedi. Sermet için bu çok makul bir fiyattı. Hiç pazarlık bile etmeye gerek duymadan kaktüsü satın aldı. Bir an önce eve gidip onu köşeye koymak için sabırsızlanıyordu. Başka işlerini askıya alıp hemen eve gitti. Köşeyi gözlerini kısarak şöyle bir süzdü ve yeni kaktüsü diğerlerinin arasındaki yerine yerleştirdi. Bir adım geri attı bu türünü bile bilmediği daha önce hiç görmediği kaktüs tabloda yerini almıştı. Bir müddet izledi, gülümsedi ve diğer işlerini halletmek için evden çıktı.

Hafta içi yapamadığı işlerini, alışverişini halletti. Hava kararmaya başlamıştı. Aklından bütün gün geçen, "Şu işler bitsin de gideyim eve bir kahve koyayım, klasik müziğimi açayım, kaktüslerimi izleyeyim" düşüncesiydi. Normalde bunu hafta içi, işten eve geldiğinde yapardı. Hafta sonlarını pek evde geçirmeyi sevmese de bu yeni kaktüs onu çok heyecanlandırmıştı. Sanki henüz hiç kimsenin tanımadığı çok iyi bir ressam keşfetmiş, ondan bir tablo almış ve o tabloyu seyredecek gibi hissetti. Kendine güldü, bir yandan da ilginç geldi. Son aldığı kaktüs onu işte bu denli etkilemişti.

Jet hızıyla evine geldi. Makineye kahveyi koydu. Aldıklarını yerleştirirken, bir tıkırtı duydu. Ciddiye almadı, çok geçmeden aynı tıkırtı biraz daha şiddetli geldi. Sese dikkat kesildi. Çıt yoktu ama o bir ses duyduğundan emindi. Sesin geldiği yöne doğru yavaş yavaş ilerledi önce pencere tarafına baktı, sonra etrafa. Her şey yerli yerindeydi, anlam veremedi. Mutfağa geri döndü. Kahve hazır olmak üzereydi, son kalanları buzdolabına yerleştirdi, kahvesini çorba kâsesi büyüklüğünde kupasına koydu, salona geldi. Müziği açtı, koltuğuna oturdu kaktüsleri izlemeye koyuldu. (Beethoven 7th Symphony)

Hiç kıpırdamadan durdu, sanki bir meditasyon seansında gibiydi. Hiçbir kaygı duymadan öylece durmak, muhteşem bir boşluğun verdiği huzur, çalan müzikteki her enstrümanı duymak, hatta çellodan gelen enstrümanı çalan kişinin telde kayan parmağının sesi. Gözlerini kapadı kahvesini yavaşça bıraktı. Yüzünde huzurlu bir gülümsemeyle orada öylece uykuya daldı. Birkaç saat sonra gözlerini açtı, koltukta hâlâ aynı oturur pozisyondaydı, eli bile kıpırdamamıştı. Kendine güldü, bu ilk kez oluyordu. Yavaşça kalktı, bitiremediği soğumuş kahvesini sehpadan kaldırdı. Onu mutfağa götürmek üzere salondan çıkacakken durdu, kaktüse baktı, "Bak bana neler yaptın," dedi ve çıktı. Yüzünde gülümseme kahveyi lavaboya döktü. Bu sırada yine bir tıkırtı geldi. Yüzündeki gülümseme bir anda bıçak gibi kesildi. Hızlıca sesin geldiği salona gitti. Hiçbir şey yoktu. Bugün üç kez aynı sesi duymuştu. Garipseyerek yatak odasına geçti, yatağa yattı. Uykusu, tanımlayamamanın verdiği gerilimle kaçmıştı, gözlerini kapattı, yüzünde huzursuzluk vardı ve o esnada yine aynı tıkırtıyı duydu. Gözleri bir anda açıldı, derin nefes aldı. Sonra aman bir tıkırtı işte, uyu artık diye kendini telkin etti. Başka düşüncelere daldı, derken uyuya kaldı.

Sabah, tıkırtıyı bu kez onu uyandıracak kadar şiddetli duydu, aniden uyandı. Normalde hafta sonları bu kadar erken uyanmazdı, en azından saat ona kadar uyurdu. Saate baktı yediyi gösteriyordu. Bu saatte uyanmak, onu kızdırdı. Yılların alışkanlığı, bir uyandı mı bir daha uyuyamazdı. Bu durum tıkırtıyı bile unutturdu. Bugün de işleri vardı kendine yeni kıyafetler alacaktı ama saat çok erkendi, dükkânların açılmasına epeyce vakit vardı. Uykulu ve huzursuz gözlerle mutfağa yöneldi, kahve makinesinin düğmesine bastı, kahvaltısını hazırladı. Her sabah yaptığı gibi telefonundan haberlere bakmaya başladı. Bu sırada yine tıkırtı geldi, umursamadı fakat artık kızmaya başlıyordu. Bakışları telefonunda bir yandan da sandviçini yiyordu, kahve de demlenmişti. Yemeği bittiğinde salona geçti "Bari bir film açıp izleyeyim," dedi. Elinde kahvesi film listesinden filmini seçti, izlemeye başladı ve yine tıkırtı geldi. Sanki yeni aldığı kaktüs hareket etmişti. Sesin kaynağı buydu. Evet, yeni aldığı olmalıydı çünkü bu ses, o kaktüsü oraya koymadan önce hiç gelmemişti ve ses kaktüslerin olduğu yerden geliyordu. Filmi durdurdu, kaktüse gözünü dikti, hiç ses yoktu, saatin çok erken ve hafta sonu oluşundan dolayı dışarıdan da hiç ses gelmiyordu. Bir müddet böyle durdu. Hiçbir şey olmadı, sadece derin bir sessizlik. Bunu kendi içinden söyledikleri bozdu, "Saçmalama daha uyanamadın," dedi ve kendi kendine güldü, "Kaktüs hiç hareket eder mi?"

Biraz dışarıya çıkıp bu sessizlikten ve insansızlıktan faydalanmak istedi. Güzel bir yürüyüş, hem uykuyu açar hem de tatlı bir spor olabilirdi. Bu erkenden manasızca dikilmeyi avantaja dönüştürmek için yapılacak daha iyi bir şey olamazdı. Spor kıyafetlerini giydi ve çıktı. Evin kapısı tam kapandığında kaktüs çok hafif hareket etti. Sermet bunu duymadı.

Bir buçuk saat sonra eve geri geldi, duşunu aldı, giyindi. Dükkânların açılma saati gelmişti. Salona geldi, kaktüslere baktı, gülümsedi ve yine evden çıktı. Elini çabuk tutmalıydı, alacaklarını bir an önce almalı ve eve gelmeliydi. Bu akşam erken yatmalıydı, ertesi gün iş vardı, özellikle pazartesilere uykusunu almış, dinlenmiş, dinç başlamak onun prensibiydi. Pazartesilere nasıl başlarsa, bütün hafta öyle giderdi.

Bütün planlarını gerçekleştirmiş olmanın verdiği motivasyonla, bir süper kahraman edasıyla, ellerinde yeni aldığı kıyafetlerle eve geldi. Muhteşem şeyler almıştı. Yarın bunlardan giyecekti. Biraz olsun bu düşünceler pazartesi sendromuna iyi geliyordu. Hemen aldığı kıyafetleri yerleştirdi. Vakit kaybetmeden pijamalarını giydi ve yatağa girdi, tam uykuya dalacakken aynı tıkırtı yine duyuldu. Umursamadı, uyumalıydı. Gece üç sularında tıkırtı bir daha geldi ama o duymadı. Sabah altıda bir daha ve daha şiddetli. Bir anda gözlerini açtı, "Artık yeter. Ne oluyor ya!" diye, bağırarak yataktan kalktı. Normalde uyanmasına daha yarım saat vardı. Sinirleri bozuldu. Sabah kahvaltı ve kahve rutinini telaşsız bir şekilde yaptı. Aslında bu da ona iyi geldi. Acaba hep mi altıda kalksam, diye düşündü. Buna rağmen yine evden çıkma zamanı gelmişti. Çıkarken, gözü kaktüslere kaydı. Tam o an kaktüs kıpırdadı ve günlerdir duyduğu tıkırtıyı bir kez daha duydu. Sesin nereden geldiğini sonunda anlamıştı. Kıpırdayan son aldığıydı. Bir an durdu, inanamadı, bu olacak bir şey değildi. Kaktüs nasıl kıpırdar? Kafayı yediğini düşündü. Artık evden çıkmalıydı. Nasıl böyle bir şey olur. Dehşete kapıldı ve mecburen bu halde evden çıktı fakat bu düşünceler bütün gün aklından çıkmadı. İçini yavaş yavaş, çığ gibi büyüyen bir korku kaplıyordu, aynı zamanda çok büyük bir merak.

Mesai biter bitmez eve geldi. Üstünü bile çıkarmadan kaktüslerin karşısına oturdu. "Ben sanırım deliriyorum," dedi, kendi kendine. Buna rağmen kendinden emin olmak için bütün dikkatini kaktüslere verdi. Öylece duruyorlardı. Yarım saat kadar hiç gözlerini ayırmadan onlara baktı ve nihayet kaktüs hareket etti. Bunu görünce bir anlık nefesi kesildi. Sabah mahmuru, o, şu, bu halde değildi, artık emindi. Derhal salonu koşarak terk etti ve kapısını kilitledi. Bu nasıl olabilirdi? Mutfakta öylece oturup bunları düşünürken bir yandan da arkadan tıkırtılar daha sık duyulmaya başladı. Bütün geceyi bu şekilde geçirdi. Zaman geçmek bilmiyordu. Buna rağmen sabah alarmı çaldı, bir gram bile uyumamıştı. Bu süre zarfında birkaç arkadaşını aramak istemiş ama alacağı tepkilerden çekindiği için aramamıştı. Sesler daha da sıklaşmış şekilde devam ediyordu. Bir yandan da yine mesai onu çağırıyordu, işe gitmeliydi. Garip bir şekilde uykusu yoktu, fakat sinirleri tamamen laçkaydı.

Hızlı hızlı hazırlandı, koşar adımlarla evden çıktı. Bu durumu anlatacağı tek bir kişi vardı, iş yerinde beraber çalıştığı Mustafa.

Ofise varır varmaz Mustafa'yı sordu ve yanına gitti. Durumu anlattığında Mustafa önce güler gibi oldu fakat Sermet'in yüzünün hali, anlatışındaki yüksek hararet ve çok ciddi oluşu, inanmasa da Mustafa'nın dikkatini çekti ve akşam onunla beraber Sermet'in evine gitmeye karar verdi. Mustafa matrak adamdı, içten içe gülmesine rağmen Sermet'in durumu onu endişelendirmişti.

Eve girer girmez, ayakkabılarını bile çıkarmadan Sermet salonun kilidini açtı. Yavaşça oturup birlikte kaktüsü izlemeye başladılar. Çok geçmeden kaktüs kıpırdadı. Sermet dehşet içinde Mustafa'ya döndü, "Gördün mü?" diye, sordu. Mustafa şoktaydı, kal gelmişti. Sermet Mustafa'yı dürttü ve daha yüksek sesle bir daha sordu. Mustafa, "ah!" diye bağırdı ve olduğu yerde zıpladı. "Dur ne yapıyorsun be, evet gördüm," diye, cevapladı. Bir hışımla kalktılar, salonu hızlıca terk ettiler. Sermet salonu yine kilitledi. Mustafa'ya gittiler.

Mustafa, "Hemen bu kaktüsü aldığın yere götür," dedi.

Sermet, "Ben tek başıma yapamam," diye, cevap verdi. Bir an düşündükten sonra,

Mustafa, "Tamam beraber yapalım, sonuçta sen bunu aldın getirdin, ne yapacak bizi öldürecek mi ?" dedi.

Sermet, "Evet doğru söylüyorsun, ama bu saatte kapalıdır." diye, cevap verdi.

Mustafa, "Doğru, o zaman şöyle yapalım, sen bende kal, sabah erkenden gelelim, kaktüsü alalım, götürelim. İşe de bir saat geç gideriz. Kimse bize bir şey sormaz. Ama yine de haber verelim. Şimdi arama bu saate, bir mesaj at istersen, beraber bir işimiz var bir yere uğrayacağız falan de."

Sermet, "Tamamdır, ben hazırlanayım, hemen çıkalım."

Mustafa, "Çabuk ol, beni burada yalnız bırakma."

Sermet hazırlandı, hızlıca çıktılar, Mustafa'ya vardılar. Plan yapılmıştı hemen uyudular. Bu konu üzerinde daha fazla konuşmadılar.

İkisinin de beyinlerinin her noktasında büyük soru işaretleri dolanmakta ve korkudan saçmalamaktaydılar. Sabah oldu, tüm cesaretlerini toplayıp göreve giden iki asker edasıyla evden çıktılar. Kaktüsü aldılar ve çiçekçiye vardılar. Bu kez içeride ellili yaşlarda sakin tavırlı bir adam durmaktaydı. Bir hışım içeri girdiler. Çiçekçi onların bu halini yadırgadı. Zaman kaybetmeden Sermet durumu anlattı. Çiçekçi sakin sakin kafa salladı. Yüzünde ufak bir hüzün vardı. "Ben de sizi bekliyordum, demek siz aldınız. Bizim çırak hata etmiş. O aslında tam burada dururdu. Onu diğer kaktüslerin yanına koymuş. Altında etikette yoktu halbuki. Unuttum sanmış, çocuk da haklı nereden bilecek. Bunu şimdiye kadar kimseye anlatamadım. Zaten anlatsam da kimse inanmazdı. Ama siz gördünüz, bilmek hakkınız. "

Sermet ve Mustafa çiçekçiyi pür dikkat dinlediklerinden neredeyse nefes bile almıyorlardı. Çiçekçi gözlerini devirdi. Bir an durdu ve devam etti, "O kaktüs benim karım. Yirmi yıldır evliyiz. İlk başta her şey çok güzeldi. Zamanla çoğu insanda olduğu gibi sorunlar yaşadık, hiçbir zaman da çözemedik. Çözmeye gönlümüz de olmadı bir süre sonra. O kadar yıl geçmiş, neredeyse bir ömür, boşanamadık da... Onca yıl sonra çok zor oluyor. Konuşamadık bile boşanmayı. Gerçi son zamanlarda birbirimize hatır bile sormaz hale gelmiştik... Zor tabii, böyle olunca insan hayata küsüyor, kendine içten içe zarar veriyor. O, kaktüs gibiydi. Hayat onu böyle yapmıştı. Daha doğrusu yaşadıklarını algılayamamış yanlış tepkiler vermiş, sonucu da böyle olmuştu. Benim de gücüm bu durumu çözmeye yetmedi. Dokunana batardı, dokunacak yeri de yoktu. Mesele dikenin batması değil; o dikenler batanın içinde kalırdı, bilirsiniz kaktüsün dikeni incedir, ince diken kolay çıkmaz battı mı yürür, çıkarmak epeyce zordur. Bir gün bir uyandım kaktüse dönüşmüş, beş yıldır da böyle. Çok üzgünüm. Durum bu, lütfen korkmayın. Bir an sevindim ama sonra çok kötü oldum sinirimden çırağı kovdum. Bari çocukcağızı geri çağırayım. Ne suçu var onun, nereden bilsin. Neyse ki kavuştuk. Teşekkür ederim. Paranızı iade edeyim. Size çay söyleyeyim mi ya da kahve? " dedi.

Bizimkiler bu hikâyeyi dehşetle dinlediler, hiç tepki veremediler, birbirlerine öylece baktılar. Sessizliği Sermet bozdu, "Teşekkür ederiz," dedi ve kaçarcasına oradan uzaklaştılar.

Sermet elindeki bütün kaktüslerden kurtuldu ve bir daha da kaktüs almadı.

Bir Kafenin Anıları

Mart ayının ortalarıydı, hava arada kalmış, gündüzleri bahar coşkusu her yanı sarıyor fakat güneş dünyanın öteki tarafına geçtiğinde kış âdeta geri geliyordu. Eşyalar için bu bir anlam ifade etmiyordu, onların ne üşüme ne de terleme gibi dertleri vardı. Tek dertleri akşam herkes gittikten sonra yaptıkları muhabbetlerdi. Gündüzleri sabırsızlıkla akşamı beklerler, akşamları ise nasıl sabah oldu anlamazlardı. Fakat bir tuhaflık oldu, rutinleri bir anda bozuldu, kimse anlamadı. Normal bir kapanışın ardından, ertesi gün kafe açılmadı; sonra bir daha, bir daha... Zaman çok yavaş olsa da geçiyordu. Serseri sandalyeler bile tedirgindi. Ay sonu gelmişti ve bugün normal şartlarda ayın elemanını seçeceklerdi. Kimse tamamlanmamış, hünerlerini tam gösteremediği bir ay da ayın elemanı seçilmek istemezdi.

-15 gün önce-

Normal bir kapanışın ardından, akşam kafeden son çalışan çıktığında eşyalar her zamanki gibi birbirlerine fısıldadılar. Herkesin gittiğinden emin olduktan sonra rutin konuşmalara başladılar. Biten günün değerlendirmesini yapmışlar, eğlenmişler, insanları tahlil etmişlerdi. Açılış saatine kadar hiç sessizlik olmamıştı, yine zaman yetmemiş, herkesin yüzü asılmıştı. Açılışa on dakika kala camekân etrafı izlemeye başlamış, konuşmalar azalmış, sesler kısılmıştı. Her zamanki gibi geveze sandalyeler son dakikaya kadar susmamış, koltuklar âdeta apartman yöneticisi ciddiyetiyle yine onları susturma çabasına düşmüşlerdi. Açılışa dakikalar kala saat yine isyan etmiş, bütün gücüyle, "Susun artık yakalanacağız," diye, bağırmıştı. Yakalanmak en büyük korkularıydı. Sandalyeler, hep bir ağızdan "Tamam sustuk," dedikten sonra ani bir sessizlik sardı etrafı. Herkesin gözü kulağı camekândaydı. Camekân abileri dört kez öksürdüğü zaman, eleman dükkânı açmaya geliyor demekti. Açılma saati geldi çattı kimsecikler yoktu, hatta üstüne yarım saat geçti yine kimse yoktu. Bu camekânın onlara bir oyunu muydu? Hayır, camekân şaka yapmayı hiç sevmezdi, ağır abiydi. "Ee, ne oluyor şimdi?" Bütün ahalinin kafasından bunlar geçiyordu. Herkes konuşmamak için kendini zor tutuyordu, nefesler tutulmuştu. Hatta sandalyeler susmak için ayrı çaba sarf ediyorlardı. Kasılmaktan neredeyse gözleri yerinden fırlayacaktı. Camekân bütün dikkatiyle etrafı izliyordu. Bu şekilde yarım saat daha geçti ama nasıl geçti yaşayan bilir. Gelen giden yok. Bu yıllar önce bir kez olmuştu. Kafeyi açan aylak uyuyakalmıştı ama bu durum sadece on beş dakika sürmüştü.

Sessizliği elbette sandalye bozdu, fısıldayarak yanındakine tedirgin bir şekilde sordu, "Ne oluyor ya?" diğer sandalye cevap verdi, "Bilmem ben de anlamadım, gerginim." Başköşedeki deri kapitoneli koltuk, "Susun, geri kafalılar, yakalanmak mı istiyorsunuz?" dedi, fısıltıdan hafifçe yüksek sesle, sandalyeler âdeta yerin dibine girdi. Kapitoneli koltuğun kulakları son derece hassastı. Kafenin diğer ucunda havada uçan sineğin kanat çırpma sesini bile net duyardı.Bir yarım saat daha geçti.

Camekân herkese döndü ve konuşmaya başladı, "Arkadaşlar rahat olun, gelen kimse yok, bırakın bizim aylak garsonu, sokakta bir tane bile insan yok. Ne oluyor anlamadım?" Bunu duyan bütün eşyalar bir anda panikle konuşmaya başladı. Büyük bir kakofoni oldu, içeride kargaşa havası esmeye başladı.

Her zamanki gibi bu durumu kontrol altına almak kapitoneli koltuğa kaldı, "Yeter, tamam." Kapitoneli koltuğun bas sesi her köşede çınladı, bir müddet durup herkesin sustuğunu idrak ettikten sonra sözlerine devam etti, "Alışılmadık bir durumla karşı karşıyayız." Herkesin gözü kulağı kapitoneli koltuktaydı. Ağzından çıkacaklar herkesin kafasını aydınlatacaktı. Kapitoneli bir konuştu mu sıkıysa dinleme, hele bir de karşı gel, bütün eşyalar tarafından dışlanırsın. Bir sandalye zamanında teşebbüs etti, olduğu yerde çürüdü depresyondan, kimse onunla konuşmadı, yok sayıldı, içine tahtakuruları girdi, içten içe onu bitirdi ve sonu çöpe atılmak oldu. Kimse başına böyle bir şey gelmesini istemezdi. Herkes bütün dikkatiyle onun ağzından çıkacakları bekliyordu. Derken konuşmaya başladı, "Arkadaşlar, bu durum daha önce, sizin de bildiğiniz gibi yaşanmadı. Ne olduğu konusunda hiçbir fikrim yok. Sakin olunuz, elbet anlayacağız. Sizlerden ricam bu, sadece sakin olmanız. Panik bize yardımcı olmaz, aksine bu durumu daha da karmaşıklaştırır. Bar tabureleri lütfen bizi eğlendirin, zamanın daha güzel geçmesi için o muhteşem sesinizle bizleri neşelendirin. Bu arada camekân sen dışarı bakmaya devam et, gözlerin dışarıda kulağın bizde olsun, biri gelirse en yüksek sesinle bizi uyar lütfen. Uyarı gelirse herkes sussun. Hadi bakalım başlayın bar tabureleri," dedi. Bar tabureleri panikle aralarında, hangi şarkıyı söylesek diye konuşmaya başladı, haliyle onların da kafası durmuştu. Bu sırada herkesin gözü onlara dönmüştü. Bu durum onları daha da germişti. Böyle bir durum için repertuvarları yoktu. Sanki aniden çıkan sürpriz bir konserdi bu. Oflayıp puflasalar da olmazdı. Bir an önce karar vermeleri gerekiyordu. Aralarından biri, "Buldum, Sertab Erener'den *Sakin Ol* söyleyelim, bu kafadan gideriz hadi," dedi, karar sesini verdi ve nihayet başladılar. Kimse çıt çıkarmadan bar taburelerini çok ciddi bir klasik konserdeymiş edasıyla dinliyorlardı. Bar tabureleri de bundan çok hoşnuttular, sanki sahnede devleşmişlerdi, parıldıyorlardı. Fakat bir konser ne kadar uzun sürebilir ki? Üç saat kadar sonra sesleri, her ne kadar zor şarkılardan kaçınsalar da çatlamaya başladı. Bu sırada onların sesinden başka ses çıkmadı. Herkes, ara ara müziklere dalsa da bu çok sürmüyor, akıl tutulması bir türlü geçmiyor, aksine şiddetleniyordu. Derken bar taburelerinden biri müziği kesip konuşmaya başladı, "Kusura bakmayın arkadaşlar artık yorulduk, bugün daha fazla söyleyemeyeceğiz. Sesimizi kaybetmek istemiyoruz. Bizi dinlediğiniz için teşekkürler," dedi, bir anda herkes alkışlamaya başladı. Hayatlarında aldıkları en büyük alkışı aldılar. Bar tabureleri herkesi selamlarken yüzlerinde mutlu ve şaşkın bir ifade vardı. Bis yapmadılar, önceden hiç böyle bir tecrübeleri olmadığından bis yapmayı bilmiyorlardı.

Hâlâ gelen giden yoktu. Herkes diken üstündeydi, her an kafe açılabilirdi. O gün böyle geçti, kapanma saati geldi çattı. Saat söze girdi, "Kapanma saati geldi arkadaşlar, gerçi hiç açılmadı ki kapansın ama artık tamamıyla rahat olabilirsiniz, bu saatten sonra biz bizeyiz, sabah açılış saatine kadar rahatız, alarmı çalacağım ben susma vakti geldiğinde," dedi.

Herkes rahat bir nefes aldı. Fakat herkesin kafasında cevap bulamayan sorular dönmeye devam ediyordu, bu durum onları yormuştu. Sandalye söze girdi, "Bir sorun var, şimdi ne konuşacağız? Normalde biz gün içinde olanları değerlendiriyoruz, bugün hiçbir şey olmadı. Bu arada konser çok güzeldi," dedi.

Ortadaki büyük masa lafa girdi, az konuşurdu genelde sağ olsun, çevresindeki on iki sandalye ona hiç konuşma fırsatı vermezdi. Hep o çenesi düşükler olayları anlattığından, masaya söz kalmazdı o da zamanında sandalyelere defalarca kızmış ama hiçbir işe yaramamıştı, bu yüzden o da konuşmaktan vazgeçmiş durumu kabul etmişti. Uzun zamandır da konuşmuyordu. Konuşmaya başlayınca, etrafta unutulmuş bir ses çınladı, diğerleri hemen ona döndü, "Arkadaşlar bilirsiniz, normalde ben hiç konuşmam fakat bütün gün düşündüm. Bunu paylaşmak istiyorum dedim kendi kendime, bugün pazar değil tatil günü değil. İki ihtimal var: Ya patron Ali İhsan Bey'e bir şey oldu..." Konuşmasına devam edemeden sözü kesildi fakat masa bu duruma alışkın olduğundan kızmadı bile tabii ki yine sandalye sözünü kesmişti. Hızlı konuşan ince bir sesti bir de üzerine panik gelince konuşması daha da hızlanmış, sesi daha da incelmişti. "Tamam, bugün açılmadık ama dün her şey yolundaydı, böyle bir şey olmaz..." Kapitoneli koltuk da sandalyenin sözünü kesti, "Tut artık şu çeneni zevzek sandalye," dedi. Sandalye özür diledi ve hemen sustu. Masa kaldığı yerden devam etti, "Ya da şöyle oldu: Bizi zamanında nasıl Ali İhsan Bey devraldı, bir anda bir sürü tanımadığımız insan geldi, yine bu oldu ama Ali İhsan bu dükkânın mülk sahibi, niye başkasına versin. Bu arada bunu telefonla konuşurken duydum, yanlış anlamayın. Ya da son ihtimal bu yıllık izin dedikleri şey var ya biri gidiyor uzun süre gelmiyor hani, işte bu izni bize verdiler," dedi.

İlk iki seçeneğin olmasını kimse istemezdi. Neredeyse bütün eşyalar, iyi hissetmek adına çoğu zaman yapıldığı gibi en olumlu olanı, yani son seçeneği seçti. İnsan beklemediği anlarda, şaşkınlığını dindirmek, gerilmemek uğruna, çıkarımları çok doğru olmasa bile çoğu zaman, seçimleriyle kendini kandırmayı göze alıyor. Bu durumda da böyle oldu, eşyalardan sesler yükselmeye başladı, "Evet, kesinlikle, hay aklınla bin yaşa sen, ben bunu nasıl düşünemedim ya, benim aslında aklıma bu ihtimal geldi epey önce ama konseri bölmemek için söylemedim." Etrafta bu tip cümleler duyulmaya başladı. Tam kapitoneli koltuk söze girecekti ki masa devam etti. Yüksek sesle kapitoneli koltuğun söyleyeceklerini söyledi, "Lütfen sakin olalım, elbet ne olduğunu öğreneceğiz, sadece sakin olalım." Kapitoneli sonunda biri beni anladı diye düşündü. Yıllık izin dedikleri şeyi anlamak üzerine ve nasıl sakin olunur?

Türünde konuşmalarla o gece de geçti.

Sabah alarm çaldı, tekrar açılış saati geldi, aynı bir önceki gün gibi, ne gelen var ne giden. Herkes sessizce beklemeye koyuldu, bir saat iki saat derken yine kimse gelmedi. Hatta yine dükkânın önünden de kimse geçmedi. Kafalar daha da karıştı, aynı dünki durum tekrar ediyordu. Artık herkes salmış, ikili üçlü gruplar halinde aralarında sohbet etmeye başlamıştı ki o an camekân en yüksek sesiyle bağırdı, "Dikkat! Sessiz, Ali İhsan Bey geliyor." Herkes derhal sustu. Çok geçmeden kapı açıldı. Ali İhsan'ın ellerinde, aşçının yemek yaparken taktığı beyaz, eli saran eldivenlerden; yüzündeyse ağzını ve burnunu kapatan, beyaz bir şeyle dükkânı açtı. Hızlıca içeriye gitti. Hiçbir şeye dokunmadan yazar kasaya yöneldi. Kasayı açtı, içinde ne varsa aldı çantasına koydu. Hiç vakit kaybetmeden çıktı ve kapıyı kilitledi. Camekân sessizliği bozdu, "Tamamdır, gözden kayboldu," dedi.

Herkesin kafasında aynı soru, bakışlar kasaya döndü, "Ne oldu? Ne oldu?" dedi. Panik havası yine esmeye başlamıştı. Kapitoneli koltuk, "Tamam, sakin, susun. Kasa kardeş ne oldu? Tam göremedik, anlat bize," dedi. Kasa da allak bullaktı, "Vallahi ben de tam anlamadım. İçimde ne varsa hepsini aldı. Çantasına koydu, beni kapattı çıktı. Ama normalde hep kilitlerdi, kilitlemedi bile içimde hiçbir şey kalmadı diye herhalde. Of ya kendimi çok çıplak hissediyorum, neydi şimdi bu? Bari kilitleseydi, kendimi değersiz işe yaramaz hissediyorum," dedi. Buna kimse anlam veremedi.

Masa tekrar lafa girdi, " Her şeyi aldığına göre açmayacaklar. Yüzüne ve eline neden öyle şeyler koyduğunu ben de anlamadım dostlar ama büyük ihtimalle bize yıllık izin dedikleri şeyi verdiler galiba. Bu iyi bir şey, her gelen eleman o tatil dedikleri şeyin ne kadar güzel olduğundan bahsediyor. Müşteriler de bunu çok anlatıyorlar. Keşke hep tatil olsa diyorlar. Eee o zaman, mutlu olmalıyız,"dedi. Çenesi düşük sandalyeler, "O zaman dans yupi! Oh be rahatladım yük taşımayacağım, kimsenin dötüyle muhatap olmayacağım, hafifledim resmen," diyerek hemen azıtmaya başladılar. Bıraksalar üç gün susmaz bunlar. Kapitoneli, "Tamam, susun," dedi, sandalyeler hemen sustu. "Bu böyle olmaz tatilimizi planlayalım, bakın gelen giden yok, konuşacak bir şeyler bulmazsak, herkesin iyi dediği bu tatil denen şey çok sıkıcı olabilir. Önerilerinize sunuyorum, konu başlıkları belirleyelim. Önce kıdemliler konuşacak, sandalyeler çıtınız çıkmasın," dedi.

Herkes birbirine baktı, uzun zamandır o gün olanlar dışında bir şey konuşmadık, ne konuşulacak şimdi? Kimseden çıt çıkmadı.

Altın işlemeli kırmızı antika şamdan kendini tutamadı. Bir şey söylemek üzere öksürdü. Herkes ona döndü. Çok konuştuğundan ve palavracı olduğundan kimse onu dinlemezdi. Ama tatlıydı, bir kere antikaydı, yaşını bilen yoktu fakat yaşlıydı, tecrübeleri çok fazlaydı. Her ne kadar yalancı olsa da anlattığı hikâyeler eğlenceliydi. Bir keresinde bir başka şamdana kocaman normal bir gülün on katı büyüklüğünde bir siyah gül verdiğini anlatmıştı. Artık kapitoneli koltuk bu kadarı fazla demiş ve onu susturmuştu, hatta üzerine de konuşma yasağı koymuştu. O da uzun zamandır, nasıl başardıysa susuyordu. Herkesin ona baktığını görmüş ve uzun zamandır konuşamama durumu bozulmak üzereydi, kocaman gülümsedi. Kapitoneli koltuk kafasını çevirdi. Bu kez herkes bırak konuşsun bakışlarıyla kapitoneliye döndü. Kapitoneli bir an durduktan sonra, "Tamam konuş, ama uzatma," diyerek herkesin gönlüne su serpti.

Şamdan nefes aldı, yutkundu, boğazını temizledi, güldü. Sanki uzun zamandır beni konuşturmadınız, şimdi işiniz düştü der gibi herkesle dalga geçiyordu. Kapitoneli de ağzını açmamak için kendini zor tutuyor, hadi be ne söyleyeceksen söyle edasıyla dişlerini sıkıyordu. Derken şamdan söze girdi, "Tabii siz şimdi böyle durumları yaşamadınız, bilmezsiniz ama ben çok yaşadım. Çok gördüm, çok duydum, çok yer gezdim. Sonra buraya düştüm işte hayat, ne yapacaksın. Susturdunuz beni hep ama şimdi öyle bir şey söyleyeceğim ki sizi bütün tatil oyalayacak, hatta iyi gelecek. Siz kafasız sandalyeler bile buradan bir şeyler öğreneceksiniz. Neyse çok uzatmayım şimdi, kapitoneli koltuk bey kızar sonra," dedi ve kahkaha attı. Kimseden tepki yoktu. Öksürdü, bir daha boğazını temizledi ve devam etti, "Biliyorsunuz daha önce en az on kez anlattım size, ben İtalya'da üretildim. Çok seneler önce orada birçok yerde bulundum. Sonra İngiltere, birçok yer, şimdi saymayım sonra sıkıldık dersiniz. Bütün oralarda karşılaştığım insanlarda gördüm ki, bu kafede de oluyor öyle günler, pek bir duygulanıyorsunuz, susmuyorsunuz. Şu an, panikten aklınıza gelmiyor tabii o muhabbetler. Neyse hadi hem biraz içimiz açılsın hem itiraflar yapılsın. Aşktan konuşalım," dedi ve kahkaha attı.

Bu arada öğlen olmuştu. Bir anda eski defterler açıldı. Nostalji yapıldı. Kafeye gelen her yaştan âşıklar bir daha anıldı. Üç gün üç gece kimse susmadı, bar tabureleri aralarda dinlene dinlene müzik yaptı. Böyle böyle dört gün geçti hâlâ durum aynıydı, ne gelen var ne giden. Şamdan yine konuşmadı, milleti izleyip eğlendi. Uzun zamandır bu kadar güzel vakit geçirmemişti.

Beşinci gün geldi çattı. Artık, müşteri aşk hikâyeleri tükenmeye başladı. Ayın elemanı seçme günü git gide yaşlaşıyordu. Ama bu ay ne oldu ki? Seçseler ne olacak. Zamanında herkesin heyecanla beklediği bu seçim artık kimseyi heyecanlandırmamıştı. Sandalyeler bile burun kıvırıyorlardı. Kapitoneli de bu tutumda olduğundan bu seçimi kafe normal işlerken yapma kararını herkese açıkladı. Hiç dışarıdan gözünü ayırmayan camekân bile disiplini bırakmış ara ara göz ucuyla dışarı bakıyordu. Koskoca beş gün boyunca toplasan, o işlek caddeden on kişi geçmişti. Dışarıda bir şeyler oluyordu, fakat artık herkes salmıştı, düşün düşün nereye kadar.

Sıkıcılık ortamı sarmaya başlamıştı ki altın kaplamalı kırmızı antika şamdan, hiç sessizliği beklemeden söze girdi, "Şimdi beni dinleyin, siz böyle başkalarının aşkını konuştunuz günlerdir. Hadi varsa cesareti olan anlatsın, siz kime âşık? Ben buradan görüyorum, isterseniz ben söyleyeyim ama ayıp olur. Konuşursam reddedemezsiniz. Hadi bakalım, dökülün aşk böcekleri, burada yabancı yok. Herkes bilsin, şunun şurasında bir göz kafede bir avuç eşyayız. Hadi bakalım var mı cesareti olan? Hadi, neredesiniz konuşun bakalım, ne oldu korktunuz mu? İplikler çıksın pazara," dedi ve kahkaha attı.

Toy sandalye fırsat bu fırsat dedi, gaza geldi, şamdanın kahkahasını susturacak kadar yüksek bir sesle araya girdi, "Ne korkması ben aşığım, sen kendine bak bizle uğraşacağına, aşığım be yıllardır içimde, bugün söyleyeceğim," dedi. Kafenin sıradan bir masasında iki sandalyeden biriydi, iki kişilik masa boş olduğunda genelde buraya âşıklar otururdu. Fısır fısır konuşurlar, flörtleşirlerdi, her seferinde sandalyenin içi giderdi. Ama artık bugün itiraf edecekti. Bir an bu konuşmanın üzerine bir sessizlik oldu. Herkes gülümseyen meraklı bir ifadeyle gözlerini sandalyeye dikmişti. Bunu gören sandalye, içinden, "Eyvah! Ben ne yaptım, herkes bana bakıyor, şimdi söylemezsem de olmaz. kapitoneli koltuk da hep susturur normalde, şimdi bir şey demedi," diye, geçirdi içinden. Çok geçmeden "Aman söyleyeceğim, ne olacaksa olsun," dedi. Bulunduğu masaya dikti gözlerini, bir anda ağzından dökülüverdi, "Masa, beni gölgene koydukları ilk günden beri sana sırılsıklam âşığım, oh be!". Bu itirafın üzerine etraftan çeşitli eşyalardan ufak ufak kıkırdamalar geldi. Çoğu eşyanın boynu bükük gülümseyen ifadesi. Bir yandan biz de itiraf etsek ne hoş olur bakışları, bir yandan da kafalarda o da beni seviyor mu acaba? Soruları.

Derken masadan gelen tepki, bütün bu havayı bozdu, "Ne? Gülsem mi ağlasam mı bilemedim, bu ne cüret? Bir de karşılık bekliyor, bakışlara bak. Kusura bakma sandalye efendi yerini bil. Sen kim, ben kim?" dedi. Bir anda bunu duyan sandalyenin gözleri doldu. Hiçbir şey söyleyemedi. Masa da gözlerini orta masaya çevirdi ve devam etti, "Gör bak halimi kimlerle muhatap ediyorsun beni, bir de söylediklerini dinliyor herkes, akıllı sanıyorsun kendini. Her şeyi çözdün, gördün de sana olan aşkımı bir göremedin," dedi. Herkes şok, orta masa hafiften güldü. Bu gergin bir andı, çok geçmeden orta masa kendini tutamadı ve kahkahayı patlattı, "Ay canım, bana mı âşıksın? Çok teşekkür ederim. Seni kırmak istemem ama çok minyonsun sen canım, yanımda kaybolursun on kişilik bir masayım ben, zorlayınca on üç kişi bile yemek yiyebilir üstümde, biraz gerçekçi olalım lütfen, büyü de gel," dedi. İki kişilik masa aynı sandalye gibi yerin dibine girdi, konuşamadı, tıkandı.

Derken, bir itiraf da on kişilik masadan klimaya geldi. Avrupa görmüş klima, sıradan bir marangozhaneden çıkma kocaman yaşlı masayı kale alıp, cevap bile vermedi. Zaten klima, kendine âşıktı, başkasına yer yoktu. Dönüp bakmadı bile. Masa acaba duymadı mı? diye kendisiyle çelişti. Bir daha seslendi, "Sana diyorum klima" ancak klimadan hiç tepki alamadı.

Diğer sandalyeler de nasibini almıştı, onlar da çevresinde durdukları masalara âşıktı. Ama o ilk sandalyenin düştüğü durumdan nasiplerini almışlar ve hemen susmuşlardı. Camekân, perdelere aşkını itiraf etti. Perdeler sadece kibarca teşekkür etti. Onlar da camekândan sesini geçirebilseler dışarıdaki büyük brandaya ilanıaşk edeceklerdi ama camekâna ayıp olmasın diye söylediklerimizi ilet diyemediklerinden sustular. Dışardaki branda ısıtıcılarla konuştu. Isıtıcılar da aynı klima gibi cevap bile vermedi. Bunları sadece camekân duydu, o da ayıp olmasın diye, olanları içerdekilere anlatmadı.

Acaba kapitoneli kime âşıktı? Şamdan ona sordu, "Sen ey koca kapitoneli, senin gönlün kimdedir?" dedi. Kapitoneli kafa salladı, "Ben söylemezsem olmaz tabii," dedi ve devam etti, "Hani bir kız var, adı Aslı, en kötü iki günde bir gelir, hep bana oturur. Karşısındakiyle konuşurken hep elleriyle bana dokunur, içimdeki süngere kadar elektriklendirir beni. Bir de yayılır ki... Ama ben bahtsızım dostlar, konuşsam da duymaz beni. Geçen bir adamla geldi, adamı sevdiğini söyledi, adam saçmalama dedi, gitti. Tuttu kendini, adam gözden kaybolunca bir damla yaş aktı gözünden üstüme düştü. Sanki o gözyaşı, çok güçlü bir asitti, içimi eritti geçti. Ne aptal adam, o güzel kızı göremedi. Aslında bir yandan da görmediği iyi oldu. Ah! Bir anlatabilsem derdimi. Beş gün oldu kimse yok, böyle olmasa en az iki kez gelmişti. Onu çok özledim," dedi ve sustu.

Şamdan sessizliği bozdu, "Ben de çok mum sevdim, onlar da gitti başkalarını sevdi. Artık mum koyan yok neyse aralarında bir tane vardı ki kıpkırmızı, rengi rengime uygun. Tam itiraf edecektim ki eridi yok oldu ama çıkmadı bir türlü aklımdan, her gün düştü kalbimin ortasına," dedi. Herkes üzgün gözlerini kapitoneliden ona çevirdi. Bir müddet sonra devam etti,

"Ah be arkadaşlar! Yok, mu burada sevdiğinden karşılık alan biri?"

Çok Kısa Hikâyeler

Kırmızı Işık

Sabahları işe giderken, hep o eve yakın ışıklarda genelde kırmızıya yakalanırdı. Yeşil yanar yanmaz korna duymamak için arkasına araba gelmesin diye dua ederdi. Ama O gün yine kırmızıya yakalandı, arkasına da araba geldi, daha ortada bir şey yoktu ama siniri bozuldu, yeşil yanar yanmaz, arkada ki kornayı kökledi. O, her zaman ki gibi inadına durmak istedi fakat işe yetişecekti. Aklından defalarca kez geçirdiği düşünceyi tekrar geçirdi, "Ayılar bizden daha insan" ve yoluna devam etti.

***

Sinema

İlk buluşmalarında, iki ürkek liseli gibi sinemaya gittiler. Sinema onun çöplüğüydü. Film başladı, bir müddet sonra filmde neler olacağına dair fikirlerini, sessizce anlatmaya başladı. Hatta filmin sonunu da daha beşinci dakikada çözmüştü. Kızla da paylaştı, kız etkilenmiş görünüyordu, yüzü kırmızıydı. Bu iş tamam dercesine kimsenin göremeyeceği şekilde yandan yandan gülümsedi. Film bitti, kız bir daha onunla hiç görüşmedi.

Zürafa

Hayvanat bahçeleri onu her zaman boğuyordu. Tamam, belgesellerde iki boyutlu gördüğü hayvanları, kanlı canlı üç boyutlu orada görmek muazzamdı. Ama onların kısıtlı yaşam alanlarını düşünmenin verdiği acı, onları kanlı canlı görme hazzından daha büyüktü. Derken ileride kırmızı yapraklı ağaçların arasından birden zürafa belirdi. Yerden kaldırdığı boynuyla sanki bütün hayvanat bahçesini kuş bakışı süzüyordu. Koşarak oraya gitti, daha önce hiç zürafa görmemişti, mest oldu.

Akşam olduğunda eve gelmişti. Onun da hapsi sanki evdi. Babası her gün olduğu gibi annesine saçma sapan, gereksiz yere bağırmaktaydı, annenin ise boynu bükük. Normalde bu durumlarda o kulaklarını elleriyle kapatır, gözlerini yumar derin nefes alırdı. Ama bugün farklı hissediyordu, hayır bugün başka olacaktı. Kararlı bir şekilde ayaklandı ve babasına doğru yürüdü, tam önünde cesurca durdu. Babası onu fark ettiğinde gayri ihtiyari sustu ve ne oluyor dercesine, anlamayan gözlerle ona döndü. Göz göze geldikleri an konuşmaya başladı, "Baba, sen hiçbir zürafa ile göz göze geldin mi? Onun bakışındaki sevgiyi ve bilgeliği gördün mü?" dedi.

Babası bu soru karşısında daha da aptallaştı, bir müddet durdu, karşılığında bir şey söyleyemedi. Sadece ona bakıyordu, kafası karışmıştı. Bir hışımla odadan çıktı. Annesi şaşkın şaşkın oğluna bakıyordu, o ise otuz iki diş gülümsüyordu.

***

Bir Görseler Aşk

İkisi de akşam iş sonrası, ayrı evlerden spor niyetine yürüyüşe çıkmıştı. Birbirlerini henüz tanımıyorlardı. Yolları kesişti, ikisi de kırmızı giymelerine rağmen birbirlerine bakmadan geçtiler. Farkında değillerdi, bir tanışsalar göreceklerdi, onlar birbirlerinin hayatlarının en büyük aşklarıydı.

Yalnız

Sevgisizlikten ve anlaşılmamaktan artık bıkmıştı. Son ilişkisinde, içinde son kalan aşk kırıntılarını da kuşlar yemişti sanki. Kös kös bu düşüncelerle evinde otururken, dışarıdan bir ses duydu. Dikkati sese yöneldi ve camdan bakma ihtiyacı hissetti, cama çıktı. Orta yaşlı bir adam kırmızı tasmalı köpeğiyle oynaya oynaya neşeli bir halde yolda yürüyordu. Gözden kaybolana kadar onları izledi. İçi gitti, yüzünün istemsizce güldüğünü fark etti. O gün bir köpek sahiplenmeye karar verdi ve derhal harekete geçti. O an hayatı değişti, artık yalnız değildi.

***

Araba

Akşam olmuş yine eve gelmişti. Bir insan ancak bu kadar istemeye istemeye eve gelirdi. Evdeyken sanki boğazında bir çift el onu boğmakta, evden çıkınca nefes almaktaydı. Normalde saat sekizde iş başı yapardı ancak evdekiler yedi diye bilmekteydi. Malum iş yeri de ayrı bir stresti. Sabahları beş gibi uyanır, hızlıca bir kahvaltı eder derhal evden çıkardı.

O gün de aynı bu şekilde oldu. Koşa koşa kimseye çaktırmadan arabasına gitti, onu jantlarına kadar yıkadı, sanki hiç gülmeyecekmiş gibi duran yüzünde güller açmıştı. Temizliği bitirdikten sonra bir adım geri atıp kıpkırmızı parlayan arabasına baktığında ağzı kulaklarındaydı, rahatlamıştı. Bir tek bu anlar da yaşadığını hissediyordu. Onu temiz görmenin tarifsiz mutluluğu ve bir sonraki temizliğe kadar gelen yaşama gücüyle yola koyuldu.

Hapşu

Her zaman dört kez üst üste hapşırırdı, onu tanıyanlar için en karakteristik özelliği buydu. Herkes, onun bu haline gülse de o bir şekilde dikkat çekmekten gizliden gizliye hoşlanır, mutlu olurdu. Bir gün iş yerinde yine hapşırdı. Aynı onun gibi peş peşe hapşıran ve sürekli kırmızı ruj süren kadın ona döndü ve "Hapşırma beni de hapşırtacaksın," dedi ve ayak üstü kendisinin de peş peşe hapşırdığından bahsetti, birbirlerine güldüler. Adam o an kadına âşık oldu. Zamanla ilişkileri gelişti, çok iyi anlaştılar, evlendiler, çocukları oldu. O da hep peş peşe hapşırdı.

***

Hayat

Doğmuşsun.

Bir bakmışsın, ayaklanmış konuşuyorsun.

Bir bakmışsın olanları hatırlıyorsun.

Bir sürü arkadaşın olmuş.

Âşık olmuşsun.

Bir bakmışsın doğalı yıllar olmuş.

Çalışıyor para kazanıyor, eve bakıyorsun, evlenmişsin.

Bir çocuk aynı zamanında senin doğduğun gibi doğmuş.

Bir bakmışsın saçlarda gitgide çoğalan beyazlar.

"Kırk iki yıl mı oldu, tanışalı? Sanki dün gibi, zaman ne çabuk geçiyor be!"

Bir bakmışsın artık gözler kırmızı, az görüyor, kucağında torunun.

Bir bakmışsın, anneni babanı, birçok arkadaşını alan ölüm gelmiş, seni de almış.

Bir bakmışsın, yanında yeni ölmüş birinin cenazesi, sen öleli yirmi yıl olmuş...

Ders

Amfiye girdiğinde, sanki bir anda kış geldi. Hep böyle olurdu. Yeni öğrencilerin onu tanıması on dakika falan sürerdi. Öğrenciler, onunlayken kendilerini şirinler, onu ise Gargamel olarak hayal ederlerdi. Çok bilgili bir hocaydı, fakat tuhaftı işte, birkaç öğrenci ona selam vermeyi denemiş, fakat karşılığında fırça yemişti. Bakışlarıyla karşısındakileri âdeta tokatlardı. Bir öğrenci ilk kez dersine katıldı. Dehşetle hocayı izledi, meraktan çatlıyordu. Kim bilir adamın ne sorunu vardı? Ders bitiminde kırmızı defterini kaptığı gibi yerinden fırladı ve onun en kıdemli öğrencisini buldu ve "Neden böyle hoca?" diye, sordu. Kıdemli öğrenci bu soruyu çok cevaplamıştı, gülümsedi, "Hepimiz senin gibi düşündük zamanında, çözemedik, konuşmayı denedik, olmadı. Adam böyle aklını geliştirmekten yüreği geri kalmış," dedi. Çiçeği burnunda öğrencinin çiçeği o an soldu.

***

Beğenmeyenler Kulübü

Sonunda olan oldu. Kendilerini hiçbir şeyi beğenmemeye programlamışlar kurumsallaştı. Artık bir aradalar, sürekli bünyelerine yenileri katılıyor, tek memnun oldukları şey bu. Her gün evden çıkmadan elli kere, "Hiçbir şeyi beğenmeyeceksin" demek sabah egzersizleri. Bir de bunu akşamları yatmadan yapıyorlar. Her yere sızdılar, bir gün herkesin bu kulübe katılacağına inanıyorlar. İnsanların burunlarından getirip kendi bünyelerine almaya çalışıyorlar. Genelde kırmızı aksesuarlar kullanıyorlar, birbirlerini bu şekilde tanıyorlar. Benden duymuş olmayın.

Feyk

Akşam olmuş, bütün gün istemeye istemeye yaşadıkları geride kalmış, heyecanla eve doğru ilerliyordu. Gün içinde telefonu defalarca titremişti, fakat çalışırken mesajlara bakamazdı. Ah! Olmaz olası karşı tarafa giden görüldü bildirimi yok mu? Çatlatıyor insanı. "Acaba ne yazmış?" Düşüncesi durmadan kafasında dönerken bütün benliği meraktan sarsılıyordu. Hayat içinde çok kale alınan biri değildi, her ne kadar kendisi işini iyi yaptığını düşünse de kimse henüz onu takdir etmemişti. Buna içten içe kızsa da asla bu kızgınlığını kimseciklerle paylaşamıyordu. Çok arkadaşı yoktu, bir tek mahalleden iş dışında ara sıra görüştüğü, goy goy dışında bir paylaşımı olamayan çocukluk arkadaşları. Zaten yıllardır onları görmekten de sıkılmıştı. Bugüne kadar birkaç kıza ilgi duymuş ama onlarla asla konuşamamıştı. Ancak uzaktan, onlar kendi halindeyken izlemiş, göz göze geleceklerini anladığı an kafasını önüne eğmişti. Nihayet eve vardı ve annesi ona kapıyı açtı.

Anne, teknolojiden uzak, ev işlerinde uzman, yemek yapan, yedirmekten büyük zevk alan, oğulları için durmadan endişelenen başka da bir özelliği olmayan alelade bir kadındı. Kadın programları televizyonda dönerken televizyona bile bakmadan bezelye ayıklar, sadece programda tansiyon yükseldiğinde kafayı bir anlık kaldırır ve televizyona bakardı. Ne yapsın kadıncağız bütün gün ev işleri. Ona sorsan holding işletmekten zor bir evi çekip çevirmek. Üç oğul, bir koca arsasında böyle bir hayat kurmuş kendine, haksız da sayılmaz. Koca, sürekli kahvede. Sabahtan çıkar gece gelir, sanki vardiyalı kahve müşterisi. Kadın, çok eskiden birkaç kez denemiş iki kelam etmeyi olmamış, erkek beyni çoğu zaman olduğu gibi kadını anlamamış. O da kapanmış içine, ne yazık ki yıllar içinde bu duruma alışmış. Tek derdi, yeter ki çocukları okusun adam olsun. Çocuklarının mutluluğu onun mutluluğu, bir de düğünlerini görse ona yeter. Oğullar da aynı evde hepsi ayrı telden, selam sabah dışında aralarında muhabbet yok ama en azından o var.

Oğlunu görünce sanki onu bir yıldır görmemişçesine sıcacık bir merhaba ile karşıladı. Oğlan tabi çatlayacak, sıradan bir merhaba ile hızlıca odasına kaçtı. Acaba oltaya hangi balıklar takıldı? Kapısını kilitledi. Can yoldaşı, sosyal yaşamının kapısının yegâne anahtarı telefonuna sarıldı. Yüzü geçekten sadece bu an gülerdi, sanki o an yaşamaya başlıyor gibiydi. "O da ne? Bu kadın şarkıcı değil mi? Yıkılsın dünya, Ahsen bu. Şimdi bana mesaj mı attı? Yok, canım olur mu öyle şey? O da benim gibi feyk profildir." Düşünceleriyle hemen profile girdi. Yüzünde sanki o an dünyayı kurtarıyor ifadesi, gülüşü yüzünde donmuş, ciddi bakışlarıyla telefonu delecek gibi. Diğer mesajlar unutulmuştu bile, zaten genelde hepsi; size hayranım, çok hoşsunuz, sizi bir gün görebilsem gibi mesajlardır kuvvetle ihtimal. Günde yüzlerce gelen cinsten.

Hızlı bir araştırmadan sonra "Sanki feyk değil ama olabilir de? Arada zarflarım, foto isterim ne olacak ki? Ya gerçekse? Yüksek ihtimal feyk bu da ama denemeye değer. Sadece selam yazmış baksana. Benim profil de çok profesyonel bir feyk ama orijinal hesap yanında feyk kalıyor. Neyse bakalım çıkar birazdan kokusu," diye içinden geçirip derhal yazmaya başladı.

"Havalı bir karşılık yazmak lazım şimdi, kuru kuru selam vermek olmaz. Sonuçta ben de havalı bir oyuncuyum," diye geçirdi içinden ve "Geceye giden saatlerde biraz geç gördüm mesajını Ahsen sana da selam olsun."

"Yok ya bu çok fazla, sıradan selam vereyim ben de aldırmıyorum hesabı. "Hello, bir de el sallama emojisi yok ya sadece emoji. Evet, oldu çok cool, gönder."

Çok geçmeden, Ahsen yazdı.

"Nslsn"

"Nasıl yani? Bu kadar çabuk mu? Feyk bu kesin. İlginç, hiç bekletmedi, ağırdan satma olayı sıfır. Dur bakalım, başka bir şey diyecek mi? Biraz oyalanayım. Diğer mesajlarda bir şey var mı? Boş boş bekletmek de sıkıntı, zaman geçmiyor," diyerek diğer mesajları okumaya koyuldu. Boş beleşti çoğu bir tanesi belki, "Şimdi buna yazsam olmaz imaj zedelenir, gerek yok. Belki yarın, bir şey çıkmazsa yazarım. Neyse Ahsen'e geri döneyim."

"İyi sen?"

"Çok iyi oldu be. Kısa, net, seni sallamıyorum kafası."

Yine, anında cevap geldi.

"İyiyim. Oyunculuğunu çok beğeniyorum, öyle bakınırken karşıma çıktı profilin, yazayım dedim."

"Yok, be bu gerçek herhâlde ya, baksana."

"Teşekkürler, ben de senin sesini çok beğeniyorum," diyerek cevap vermeyi düşündü. "Oldu mu şimdi bu? Aman bas gitsin ya da dur. 'Teşekkürler senin de sesin çok güzel' bu daha iyi," diyerek yolladı mesajı.

Ahsen sadece "Tşkkrlr" yazdı.

"Eee, Şimdi buna ne yazılır? Bekleyeyim en iyisi ilk o yazdı sonuçta. Biraz dur bakalım daha yazacak mı? Daha iki dakika geçti ama sanki yirmi dakikadır bekliyorum, yok yazmıyor. Tipe bak ya, önce sen yazıyorsun sonra çat diye susuyorsun. En iyisi atayım telefonu kenara, üstümü değiştireyim bari zaman kolay geçsin," diyerek üzerini değiştirdi. O sırada aynada kendini gördü bir an durdu. "Tipe bak kim ne yapsın seni." İçeriden annesi, "Hadi gel oğlum artık yemek ye," diye seslendi. Oğlu teklemeden cevap verdi, "Yemeyeceğim tokum, yatıyorum, yorgunum." Bu an neredeyse her gün tekrar ediyordu. Anne inatla soruyor, çocuk aynı kelimelerle cevap veriyordu.

Hâlâ Ahsen'den bir ses yoktu. "Hadi sana bir şans verdim, yazacağım. Bu kesin gerçek baksana yazmadı. Bu fırsat kaçmaz. Ahsen ile mesajlaşacağım bu fırsat bir daha ele geçmez. Aa! Dur. Yakın zamanda konserin var mı? diyeyim, şahane."

Ahsen yine hemen yazdı. "Evet, ilk konser iki hafta sonra, bu aralar çok yoruldum. Yeni albüm hazırlıyorum, kısa bir ara verdim birkaç günlüğüne tatile geldim. (yorgun surat emojisi)"

"Ne denir ki şimdi, yine bir şey sormadı bana."

"Evet, ben de bu ara çok yoğunum. Bir aram olsa da ben de kaçsam. Müzisyenlerin avantajı işte, sana bağlı istediğinde kaçmak. Bense sete tabiyim ne yazık ki (üzgün surat emojisi) umarım o gün benim set olmaz, gelirim konserine. Hem de tanışmış oluruz. (rock'n roll emojisi)"

Ahsen:

"Gelirsen sevinirim güzel olur. İyi geceler memnun oldum.(el sallama emojisi)"

"Ne şimdi bu? Niye veda etti şimdi? Bu kadar mı? Konuşuyorduk ne güzel, dinlenme yorumumu sallamadı bile. Of! Sinir oldum. Bu hesap kesinlikle o, sahte değil. Ben de çaktırmayayım."

"Ben de memnun oldum, iyi tatiller. (el sallama emojisi)"

"Bir film patlatayım hemen, zaten sızar uyurum karşısında," diyerek tabletini çıkardı. Bir film açtı çok geçmeden uyuyakaldı.

Sabah uyanır uyanmaz yüzünü bile yıkamadan telefona baktı. Ahsen'den bir ses yoktu." Günaydın yazsam mı? Yok ya, bu saatte yazılmaz. Ne yapacağım ben şimdi? En iyisi beklemek," dedi saate baktı. Mesai yakındı, hızlıca hazırlanmaya başladı. Kafasının bir köşesinde Ahsen'le mesajlaşmanın hem sevinci, öz güveni hem de bir önceki günden kalan, ya bir daha konuşamazsak endişesi.

Dışarı çıkmak, işe gitmek zorunda olmak, onun için kâbustu. Kalabalık, zoraki selamlaşmalar, iş yeri ortamı ciddiyeti, sürekli emir almak, falan filan. Sanki karşılaştığı her insan onun boğazını sıkıyordu. Dışarıda mutlu olacak hiçbir şey bulamadığından çok konuşmayan, silik bir tip olarak hayatını sürdürüyordu. Elinde olsa hiç insanlarla konuşmaz hatta göz göze bile gelmezdi. Öyle ki yıllarca çalıştığı yerdeki çoğu eleman onun yüzüne aşina olmasına karşın adını bilmezdi. Onun adını aklında tutmuş birkaç kişi vardı, onlarla da sohbeti hatır sormaktan öteye gitmezdi. Onun asıl hayatı iş çıkışlarında başlardı. O da aslında kendisi değil çok sevdiği, örnek aldığı bir oyuncunun adına açılmış son derece gerçekçi sahte bir profildi.

Aklı hep telefondaydı, "Acaba Ahsen'den ses var mı?" diye geçiriyordu içinden. İş yerinde gerekmedikçe ulu orta telefona bakmak yasaktı. O da mecburen bu yasağa uyardı, ama o gün bıraksalar hiç gözünü ayırmadan telefonuna bakacaktı. Her fırsatta tuvalete gitti, telefona baktı, Ahsen'den ses yoktu. Endişesi artmaktaydı. O gün akşama kadar en az bin kere içinden "Hadi yaz," dedi.

Akşam olana kadar sanki yıllar geçti. Kendini eve attığında sanki hapisten çıkmış biri gibiydi. Bütün gün ona ne yazacağını düşündü. Mesajları açtı bir önceki gün yazılan mesajları tekrar tekrar okudu. Beynindeki sıcaklık artık bütün vücudunu sarmıştı. Cevapsız yüzlerce soru benliğini sarmış, enerjisi çekilmiş, içi kapkara olmuştu. Bir türlü işin içinden çıkamıyor, sağlıklı nefes alamıyordu. Bu durum onu çok yoruyordu. Banyoya girdi yüzüne bir su çarptı. Aynada kendisiyle göz göze geldi. Gözleri kıpkırmızıydı, kısa bir an kendine baktıktan sonra sonra tiksintiyle kafasını indirdi, kendi kendine geri zekâlı diye mırıldandı. Aynadaki yansımasına tahammül edemiyordu.

İçeri geri girdi, başka şeylerle uğraşmayı denese de kafası bir türlü dağılmadı. Bir mesaj sesi onu olduğu durumdan kurtardı. Heyecanla telefonuna koştu. Fakat ne yazık ki alakasız bir bildirim gelmişti. Sinirleri daha da bozuldu. Bir önceki akşam "Belki bunlara sonra yazarım," diye kenara koyduğu mesajlara baktı, onlara cevap verdi ama nafile. Bir anda nasıl olduğunu anlamadan Ahsen'e selam verdi.

Yine anında cevap geldi. Sanki kız telefonun başındaydı. O da hemen cevap verdi. Hatırını sordu. Tekrar piyasadan konuştular. Muhabbet bir türlü ilerleyemiyordu. Fakat nedense sanki onu yıllardır tanırmışçasına içi ısınıyordu. Muhabbet kilitlendiğinde internetten onun kliplerine fotoğraflarına bakıyor, gülümsüyor fakat "Koskoca şarkıcı ve sen" düşüncesi ortaya çıktığında suratı asılıyordu. O gün de böyle geçti.

Ertesi sabah içindeki duygular bir önceki güne göre daha da büyümüş olarak yine iş yerindeydi. Ahsen'den ses yoktu. Kulaklarında saçma sapan bir çınlama vardı. Bu durum sinirini daha da çok bozuyordu. Ara ara telefona bakmak için tuvalete giriyor. Herhangi bir şey göremeyince tekrar tekrar hayal kırıklığı yaşıyor ve biraz internetten onun fotoğraflarına bakıyor, geri dönüp çalışmaya devam ediyordu. Ne yapıp edip onunla buluşmalıydı. "Yüz yüze geldiklerinde belki sohbet edebilirlerdi. Sonuçta ünlü bir kız onu tersleyemezdi. Tabii ki kalabalık bir semtte buluşmaları lazımdı ama nasıl olacak? Bu kız tanınıyor sakin, kalabalık olmayan bir yerde buluşmak ister," diye düşündü. Kafası allak bullak olmuştu.

Akşam koşa koşa eve gitti ve yine ses yoktu. Bu sefer karalıydı ne olacaksa olsun, konuyu buluşmaya getirecekti. Selam verdi, hatır sordu. Uzun uzun birlerine o gün yaptıklarını anlattılar, Ahsen yeni şarkısından biraz bahsetti, o da sıkı takip ettiği magazin programlarından öğrendiği uzun ve yorucu set şartlarından. Fakat bir türlü konu buluşmaya gelemedi.

O gece, buluşmayı nasıl yapacağına dair düşünmekten doğru düzgün uyuyamadı, bir çözüm de bulamadı. Mesai saati geldi çattı. Kan çanağı gözler ve içi çekilmiş bir halde tam evden çıkacakken bu durum ilk olarak annesinin dikkatini çekti, "Oğlum ne oldu sana, ne bu halin yavrum," dedi. Annesini her zaman yaptığı gibi geçiştirdi. İş yerinde onu bu halde görenler de endişelendi ona halini hatırını sordu. Şaşkınlıkla iyi olduğunu söyledi sadece. Yıllardır çalıştığı yerde ilk kez bu kadar çok hatırı soruldu, içten içe mutlu olmuş fakat bu durum kafasındaki endişe yumağını dağıtamamıştı. Uykusuzluk gerçeklik algısını da iyice zedelemişti. Uyumamak için kendisiyle savaşıyor, savaştıkça daha da çok yoruluyordu. O gün o mesai nasıl geçti de eve gitti, ne ara üstünü değiştirdi, ne ara yattı, ne ara uyuyakaldı farkında değildi.

Sabahın ilk ışıklarıyla kendiliğinden, alarmsız, zıplayarak uyandı. Panikle telefonuna sarıldı, nefes nefeseydi. Bir baktı ki Ahsen'den mesaj, dokuz saat önce. Gözleri büyüdü, telefonu duvara fırlatası geldi. Nasıl uyuyakalabildi bu önemli günde? Kendine son derece kızgındı. "Ama bir dakika, bir bakıma iyi oldu, bak bu sefer o yazdı. E bu çok güzel ama dokuz saat nedir ya," derken aklına bir fikir geldi, hemen yazmaya koyuldu, "Kusura bakma telefon üzerimde değildi, mesajını şimdi gördüm. Setim şimdi bitti. (üzgün surat emojisi) Senden naber?" Tabii ki Ahsen'den ses yoktu. Kös kös içinde taşıdığı, her geçen dakika daha da büyüyen endişe ve merakla işe gitmek üzere odasından çıktı. Annesi hazır kıta onu bekliyordu, akşam ona bir kaç kez seslenmiş, cevap alamayınca odasına gitmiş, kapısı kilitli olduğundan oğlunu görememiş ve meraklanmış, türlü türlü düşüncelerden sabaha uyuyamamış, nöbet tutmuştu. Zavallı kadın bıraksalar olduğu yerde uyuyacaktı.

Profesyonel anne geçiştirici, onun içine su serptikten sonra başından aşkın dertleriyle evden çıktı.

O gün işe giderken yolda, hastaneden rapor alıp kaytarmayı bile düşündü. Kafasında, gün içinde ya Ahsen yazarsa, nasıl konuşacaktı sorusu dönüp duracaktı, "Yine mi set?" diyecekti. "Gerçi sabah uyumuş olur, bütün gece çalışmış biri, öğlene kadar cevap vermesem de olur." bu düşünce onu birazcık rahatlatsa da kafasında enerjisini emen sorularla hayata karıştı. Günlerdir aklını başka bir şeye veremiyordu. Ondan iş isteyenler iki hatta üç kez ona direktif vermek zorunda kalıyordu. Derken öğlene doğru, tam acil bir işi bitirmesi gerekirken telefonu titredi. Cebinden beynine doğru çıkan bu titreşim onu aniden diriltti. Hemen telefona bakmalıydı. İzin istedi tuvalete gitti. Tuvalet bu, karşısındakiler gaddar değil. "Ama lütfen çok hızlı hallet, zamanınız çok kısıtlı," diyerek ona müsaade ettiler. Koşa koşa kabine girdi. Evet, mesaj Ahsen'dendi, "Kıyamam, umarım hemen uyumuşsundur. Uyanınca yazarsın." Mesajı hiç açmadı, karşı tarafa gidecek görüldü ibaresi her şeyi mahvedebilirdi. Hemen işe geri döndü, sonra acil olan işi bitirip tekrar tuvalete. Vakit kaybetmeden yazdı, "Çok uyuduğum söylenemez bugün de iş var, bitiğim." Tuvaletten çıkamadan telefonu öttü. "Nasıl bu kadar hızlı cevap veriyor bu kız, kurulmuş gibi, hay Allah'ım!" diye düşünerek durdu, telefonunu çıkardı. Mesajlaşmaya koyuldu. Muhabbet gitgide koyulaşıyordu. Bir türlü çıkamadı, tuvalette olduğunu bile unutmuş konuşmaya dalmıştı ki, dışarıdan gelen bir ses onu olduğu yerde zıplattı, "Hadi be kardeşim ne kaldın içeride çık artık." Gözleri dehşetle açıldı, aşırı panikledi. Cılız bir sesle,"Kusura bakmayın, bağırsaklarımı bozmuşum," diye yanıt verdi. Bu sırada Ahsen, aralıksız yazmaya devam ediyordu. Hiç onlara bakmadan, "Beni çağırıyorlar, kayda gireceğiz akşam konuşuruz," diye yazdı ve sifonu çekti, derhal tuvaletten çıktı. Kapıdaki adam ona kızgın gözlerle bakıyordu. Panikle az önceki cümleyi tekrar etti, adam kale alıp cevap bile vermedi. Bu yalana kimse inanmazdı. Adam yaklaşık on dakikadır oradaydı ve ortada herhangi bir bozuk bağırsak belirtisi sesi yoktu. Hızlıca oradan uzaklaştı. İş arkadaşları da ona neredesin der gibi bakmaktaydı. Çaktırmadan ofisin saatine baktı. O da ne? Yarım saatten fazladır tuvaletteydi. Kafasını önüne eğdi ve hiçbir şey söylemeden işe geri döndü.

İçindeki kaygılara bir de "Ya beni kovarlarsa" eklenmişti. Akşama kadar tuvalete gitmeden işe devam etti, hatta çişini bile tuttu. İçindeki endişe canavarı sanki onun iç organlarını kemiriyordu. "Acaba kimse anladı mı? O bakışlar neydi?" Akşam oldu tam ofisten çıkacakken korktuğu başına geldi. Yöneticisi odasından ona seslendi, "Yanıma gel." Korku aniden bir bıçak gibi karnına saplandı ve hızlıca bütün vücudunu sardı, o an tansiyonu oynadı, elleri ayakları boşaldı. Tıpış tıpış gitti, ellerini önüne bağladı, "Buyurun Mehmet Cem Bey."

"Derdin ne senin kardeşim? Günlerdir aklın beş karış havada, burada değilsin. Bir derdin varsa bizimle paylaş bilelim."

"Yok, efendim, bir şey. Kusura bakmayın bir yanlışım olduysa."

"Nasıl yok? Durmadan tuvalete gidiyormuşsun. Günlerdir zombi gibisin. Toparla kendini hemen, böyle olmaz. Bugün kırk beş dakika ortada yokmuşsun. Bu seferlik sorgulamıyorum ama bir daha tekrarlanırsa fena bozuşuruz. Çıkabilirsin."

"Çok teşekkürler efendim, çok özür dilerim, bir daha olmayacak, iyi akşamlar."

"İyi akşamlar."

Kaçarcasına oradan uzaklaştı, "Bu ne ya? Az daha işimden oluyordum," diye içinden geçirirken hâlâ kesik kesik nefes alıyordu. Hemen eve koştu, annesinin selamını her zamanki gibi pas geçerek odasına kapandı. Uzaktan annesinin ne dediği anlaşılmayan flu sesi geliyordu. Ama onun dinleyecek hali yoktu. Derhal telefonunu çıkardı ve Ahsen'e yazdı. O gün karar verdiler, iki gün sonra akşam Nişantaşı taraflarında buluşacaklardı. Bir anlık sevinse de kaygının ikinci ve daha ağır dalgası gelmekte gecikmedi. "Şimdi nasıl olacak? Benim başkası olduğumu görünce ne yapacak? Ne diyeceğim? Ne giyeceğim? Uzaktan mı seyretsem? Faka bastın. Gitmesem mi acaba? Olmaz, bir şarkıcı ile kaç kere buluşma fırsatın olacak? Ne giyecek acaba? Yarın berbere gideyim bir tıraş olayım. En azından çık karşısına delikanlı gibi söyle: Ben buyum cesaret edemedim, söyleyemedim profilimin sahte olduğunu. Of! Çok kötü durumdayım. Ne halt edeceğim şimdi?" Kafasında bir türlü bitmeyen sorularla arada ufaktan dalsa da uykusunu alamadı. Buluşma zamanına kadar bu sorular, korkusunu bir çığ gibi büyüttü, gözlerinin feri söndü. Hiç iyi durumda değildi. İş yerindeyse durumunu belli etmemek için ekstra dikkat etti, bir de kovulsa her şey biterdi. Ne yazık ki bunu anlatacak, dertleşecek, fikir alacak hiçbir arkadaşı yoktu. Her ne olursa olsun o buluşmayı yapmalıydı. Kulağındaki çınlama daha da artmış, kesintisiz bir şekilde devam etmekteydi. O kendi elleriyle, büyük bir dikkat ve özenle hazırladığı sahte profili sanki ete kemiğe bürünmüş onu kahkahalar ata ata, kıtır kıtır yiyordu.

İki yıl gibi geçen bu iki günün ardından, mesaiden sonra ayaklarını sürüye sürüye yola koyuldu. Bu kadar yıpranmış olmasına rağmen içinde bir ünlüyü görecek olmanın heyecanı vardı. O gün çok düzgün giyinmiş, saçlarını kestirmiş, taratmıştı. Hatta berber, "Ne bu damat tıraşı mı?" diye onunla dalga geçmişti ama o aldırmamıştı. Kravat takmayı bile düşünmüştü. Sonra abartı olacak, deyip vazgeçmişti. Üzerinde en özel günlere sakladığı yaşlı ama az giyilmiş kotu ve beyaz gömleği o güne kadar sahip olduğu yegâne lacivert ceketi vardı. Bütün biriktirdiği parası cebindeydi. En azından biraz kızcağızın sinirini yumuşatır, diye çiçek almayı akıl etmişti. Dışarıdan onu bu halde görenler, kız istemeye gittiğini düşünebilirdi. Bu arada mesajlaşmaya devam ediyorlardı. İki tarafta birbirlerinin telefonlarını istememişti. Zaten istese de yalanı hazırdı, "Ne malum sahte olmadığın, bu seninle alakalı değil daha önceden başıma geldi. Alınma lütfen, seni canlı görmeden olamaz."

Az sonra Ahsen'i görecekti. Heyecanı artmış, kaygısı azalmıştı, yüzünde istemsizce olmuş bir gülümse ile yürüyordu. Kedi olalı bir fare tutmuştu. Buluşma yerini görecek bir uzaklıkta durdu, etrafı süzdü, henüz ortalıkta yoktu. Bir mesaj patlattı, "Ben geldim."

Çok geçmeden cevap geldi.

"Ben de geldim."

Fakat gelmemişti. Kafası karıştı, etrafa baktı ve yazdı.

"Tam neredesin."

"Bankanın önündeyim."

Bankanın önü kalabalıktı. Tam göremiyordu. Oraya doğru yürümeye başladı. Evet, arkası dönük bir kadın orada duruyordu. Emin olmak için bir daha yazdı ve cevap geldi. Ona doğru ilerledi, seslendi. Arkası dönük kadın ona döndüğünde bir baktı ki o da başkası.

Bir an ikisi de öylece kaldı. Birbirlerine bakıyorlardı, ikiside tek kelime etmedi. Bir müddet sonra ters yönlere doğru kaçarcasına birbirlerinden uzaklaştılar. Çocuk ellerinde çiçekle kalakaldı. İkisi de arkalarına bile bakmadan, yüzlerinde donuk ifadelerle olabildiğince yürüdüler, kalabalığa karıştılar. Bu sırada telefondan Ahsen'i engelledi. İçi tamamen susmuş, kaygı ve heyecan aniden silinmiş bir anda içinde kocaman sessiz bir boşluk oluşmuştu. Çiçekleri çöpe attı, öylece yürüdü.

Eve girer girmez annesiyle karşılaştı. Annesi onu şöyle bir süzdü ve yüzünde koskoca bir gülümsemeyle, "Oğlum yoksa..." Annesinin söyleyeceklerini ağzına tıkarcasına aniden söze girdi, "İş yeri yemeği vardı," dedi ve hiç vakit kaybetmeden odasına geçti. Hemen sahte profilini kapattı. Uzun zamandır aklında olan parodi bir kimlikle tweet atma düşüncesini derhal hayata geçirmeye karar verdi ve o gün ilk tweetini attı:

"Sen kaç kişisin?"

İnci Avcısı

Gece yarısıydı, o gün de uyuyamamış sessizce kimseye çaktırmadan evden çıkmış sahile gitmiş ve sürekli yanında olan, hüznü, hayal kırıklıkları, yalnızlığı ile kayalıklara oturmuştu. Etrafta kimse yoktu, sessizlik hâkimdi ancak bir türlü susmayan iç sesi bu sessizliği bozuyor, düşüncelerinde durmadan kendini arıyordu. Bir kıvılcım ona yeterliydi. Geceler geceleri, yıllar yılları kovalamış, çıkmaz sokaklardan öteye gidememişti.

Ailenin tek çocuğuydu. Ailesi sadece eve yemek götürmenin yettiğini düşünen, aralıksız çalışan sıradan bir aileydi. Annesi ve babası iş dışında arda kalan zamanda günün stresini birbirlerinden çıkardıklarından ortalıkta bir türlü bitmeyen bir meydan muharebesi yaşanmaktaydı. Hiçbir sorun çözüme ulaşmıyor, kavgalar zaman zaman şiddete varacak kadar büyüyor ve uyuyana dek devam ediyordu.

Can ise ilk karşılaştığı bu insanlar üzerinden bütün insanları tanıyordu. İşte yalnızlığının temelleri sağlam bir şekilde bu dönemlerde atılmıştı. Pek çok kez maruz kaldığı bu ortam zaman içinde daha da çirkinleşerek devam etti. Ne yazık ki rutin bir huzursuzluk hayatının büyük bir alanını kaplıyordu.

Fakat her şeye rağmen insan sevmek, sevilmek ister, kimi bir insana kimi Yaradan'a, kimi bir oyuncağa, kimi mesleğine, kimi paraya, kimi silaha, kimi aşka, kimi sanata, kimi kendine, kimi bir fotoğrafa, kimi silaha, kimi öfkeye âşık olur, öyle yürür hayat yolunu. Sevgisiz, aşksız yürünmez bu yol ne yazık ki. Bu güdü hiç gitmez. Bunu yıllar sonra anlayacaktı, bu cümleleri kurana kadar dayak yiyecekti hayattan.

Onun ilk aşkı tertemizdi, kimselerle paylaşmadığı, sadece düşünmenin bile yettiği, uyumadan gördüğü muhteşem bir rüya. Turuncu bir gökyüzü eşliğinde alabildiğince uzanan bir ormanda yürümek. İlk bu durum güç verdi ona. Ailesi aralıksız kavga etmeye devam ederken bunları yaşadı kendi kendine. Bozulur bu durum endişesiyle kıza söylemek bile istemedi onu sevdiğini, acaba hangi özelliği onu böyle çekti? Nereden bilsin daha ilkokul dörtteydi. Okula gitmeye can atma sebebi, o kızın yüzündeki masum gülücük olmuştu. Bütün hayata, insanlara tahammülsüzlüğünü hiçbir şey yapmadan silip süpürmüştü. Can ona hiçbir zaman açılamadı. Ölüm haberini yıllar sonra alacak ve dünyası daha da kararacaktı. Hayat elindeki tek bembeyaz yeri, ondan almıştı. O huzursuz boşluk arka fonda kavga sesleriyle daha da boğucu bir şekilde kaldığı yerden devam etmekteydi. Ama bir yandan nefes alıp vermesi de devam ediyordu. Başkalarının onun için programladığı hayatı daha sessiz içine kapanık bir şekilde sürdürdü. On yıl kadar böyle yaşadı, gücü yetmedi hayatını değiştirmeye. Ta ki yeni başladığı okuldaki o havalı kızı görene kadar.

İçgüdüleri bu kez mantığını bastırdı. İki ay kadar uzaktan, çaktırmadan izledikten sonra dayanamadı gitti o kızla konuştu, bir baktı ki el eleler. Ne güzel bir duygudur, el ele sokaklarda yürümek, nasıl büyük bir güç verir insana, deposu hiç azalmayan bir arabada sürekli son gaz gitmek gibi dolaşırsın hayatta. Ta ki karşındakinin kendi duyguları, tecrübeleri olan bir insan olduğunu anlayana dek. Kafanda oluşturduğun aşk ile yaşanan arasındaki farklar büyüdüğünde gelen hayal kırıklıkları seni nakavt edene dek. Bu durumda kimsenin suçu olmaz genelde. Yaz mevsimi bir anda biter, fırtınalı bir kış gelir aniden evden dışarı adım atamaz hale gelirsin.

Sonra yine toparlanma mevsimi geldi, Can'ın. Kör topal devam etmeye çalışırken, "İyi hadi gideyim bari" dediği bir konserin hayatını değiştireceğinden habersiz, çıktı ev görünümlü hapishaneden. Gittiği yer hınca hınç doluydu, daha da boğulduğunu hissetti, zor nefes aldı. Ta ki grup elemanları ilk notayı basana dek. Birden kalabalık dağıldı, insan görüntüleri kayboldu, müzik onu ele geçirmişti. Kimseyle konuşmadan saatlerce dinledi, ayakları yerden kesildi, notalar sanki vücudundaki her hücreye işlemişti. İlkokulda âşık olduğu kız geldi aklına, benzer duyguları yaşıyordu, bir anda aşk yine kapıya gelmişti.

O gece, konser bitince arkadaşlarıyla vedalaşıp mesken tutuğu kayalıklara gitti. Uzun uzun düşündü, yüzü gülüyordu. Yeni aşkının peşinden gidecekti. O gün solist olmaya karar verdi. Dünyanın her yerine götüreceği enstrümanı zaten yıllardır onun gırtlağındaydı, bu iki telle harikalar yaratabilindiğini yeni anlamıştı. O gün tekrar yaşamaya başladığını hissetti. Bir bebeğin doğarken aldığı gibi derin bir nefes almıştı sanki. Her aldığı nefesle sanki dünyaya teşekkür ediyordu. İçi kıpır kıpırdı. Yeni hayatının temellerini o gün, orada, yıllardır içi kapkara gittiği kayalıklarda attı, artık hayat eskisi gibi olmayacaktı.

Her gün bir öğünden feragat etti, küçük küçük para biriktirdi. Kafasında ileride yapacağı müzikler çalıyordu, besteleri için bir enstrüman gerekiyordu. Parayı denkleştirir denkleştirmez kendine kırmızı bir gitar aldı. Gitarı astı omzuna başı dik, tebessüm dolu gözlerle huzursuzlukla dolup taşmış evine gitti. Bu gitarın sesi belki o eve huzur getirebilirdi. Ailesi gitarı görünce beklediğinin aksine hiç tepki vermedi, zaten bu yeni hayalini onlarla, engel olurlar korkusuyla paylaşmamıştı bile. O da hiçbir şey söylemedi, öylece gitara başladı.

Ona göre bu çok adil bir aşktı. Verdiği emeğin karşılığını aldı, ne kadar çok çalışırsa gitar ona öyle tepki verdi. Notaları o gitar sayesinde öğrendi. Elleri parçalana kadar gitar çalıştı. Ama onun asıl isteği şarkı söylemekti. Kendi kendine evde mırıldanarak başladı şarkı söylemeye, çok iyi değildi ama olsun önemli olan onun o anlarda yaşadığı muazzam duygulardı. Müziğe duyduğu aşk onu yontuyor başka bir insana dönüştürüyordu. Âdeta bir sene önceki o güçsüz pısırık genç gitmiş, yerine her koşulda savaşmaktan çekinmeyen bir savaşçı gelmişti.

Aralıksız para biriktirmeye devam etti, artık evden çıkmadan sapasağlam bir kahvaltı ve gün içinde hafif bir öğün ona yetiyordu. Okulda da bu değişimi arkadaşları tarafından da fark edilmişti. Yüzüne bakmayan arkadaşları ona gıpta ile bakıyordu. Herkes onu kendi ortamına çekmeye çalışıyordu. Gitarını eline alıp gözlerini kapattığında başka bir yaratığa dönüşüyor, dünyayla bağı tamamen kopuyor, uzaydan gelen biri gibi oluyordu. Kızlar onu dinlerken kendilerinden geçiyordu. Can bundan çok memnundu. Fakat bu durumu kullanmamak için ekstra çaba gösteriyordu. Birkaç kez bu ortamlarda tanıştığı kızlarla yeteneği sayesinde takılmış, fakat sanki aşkını kendi keyfi çıkarları için kullanmak ona ihanet gibi gelmiş, günlerce kendine kızmıştı.

Gitgide yaşam onu daha da çok içine çekiyordu. Aldığı her nefes önce ciğerlerini sonra ruhunu yaşamla dolduruyordu. Can'ın bu pozitif değişimi, bir gün okulda bir öğretmeninin de dikkatini çekti. Hocası ona sordu, Can hikâyesini anlattı. Hocası onun adına çok mutlu olduğunu belirtti. Can bugüne kadar ailesinden dahi görmediği takdiri etraftan topluyor, bu durum onun hayata karşı daha da dik durmasını sağlıyordu. Böylece rutin ev hayatının kaosunu çok takmıyordu. Arka planda devam eden bağrışmalar artık ona vızıltı gibi geliyordu.

Ertesi sabah hayatının değişeceğinden habersiz bir şekilde uyandı, okula gitmek üzere hazırlandı. Tam derse girecekken, bir gün önce konuştuğu öğretmeni ona seslendi. Elinde bir hediye paketi vardı, "Can dün konuşmalarımıza istinaden sana bir hediye almak istedim, umarım beğenirsin, yolun açık olsun," diyerek hediyeyi takdim etti. Can çok onurlanmıştı, birinin senin yaptıklarını görmesi aslında en güzel hediye, herhangi biri tarafından görülmek, "Ne yapıyorum ben?" sorusunun en güzel cevabı. Çok merak etmişti, kibarca teşekkür etti ve öğretmenin yanından ayrıldı, gözlerinin içi pırıl pırıl gülüyordu. Derhal hediyeyi açtı. O an elinde hayatını tamamen değiştirecek CD'yi tutuyordu, Franco Corelli onu akşam opera ile tanıştıracaktı.

Okul çıkışı hiç oyalanmadan derhal eve gitti, odasına girdi, CD'yi müzik setine koydu. Kulaklığını taktı ve başlattı. Saniyesinde dünya durdu. Gözlerini kapadığında sanki Corelli o an dirilmiş onun odasına gelmiş onun ruhunu okşuyordu. Böylesine büyülü bir ses insandan nasıl çıkıyordu. Olduğu yerde çakılı kaldı, dünya ile ilişkisi koptu. Sabah okula gidene kadar albümü defalarca dinledi, hiç uyumadı. Okul olmasa belki bir hafta boyunca bu şekilde hiç sıkılmadan durabilirdi. Opera ile bu şekilde tanıştı ve bir gün o eserleri seslendirmeyi tüm ruhuyla, bedeniyle istedi. O gün opera okumaya karar vermiş, bir gecede hayat yolu çizilmişti.

Okula vardığında hiç uykusuz gibi durmadığından kimse uyumadığını anlamadı, aksine normal halinden daha da coşkuluydu. Ne istediğini bilen, fakat bunun için ne yapacağı konusunda hiçbir fikri olmayan şaşkın bir ördek yavrusu edasıyla hemen öğretmenini buldu. Coşkusu konuşmasına da yansımıştı, yüksek sesle ve kocaman bir gülümsemeyle ona minnetlerini sundu, ne yapacağı hakkında bilgisi olmadığını belirtti. Öğretmeni iyi bir opera dinleyicisiydi, yıllardır operalara gide gele ahbapları da olmuştu. Can'ı sakinleştirdikten sonra onu tanıdığı bir şan hocasına yönlendirdi. Şan hocasıyla konuştular, hafta sonu ilk dersini alacaktı. Böylece

Can'ın opera yolculuğu resmen başlamış oldu.

Hafta sonu bir türlü gelmek bilmemişti. Gecelerce albümü defalarca dinlemiş, hatta dilini bile bilmeden parçaları mırıldanmaya başlamıştı. Operayı araştırmaya başlamıştı. "Okul altı sene, demek ki bu hiç kolay olamayacak." Ama zor kolay ne ki aşk bir kere bünyeye girdimi kimseyi dinler mi?

Nihayet gün geldi çattı, hocasıyla karşılaştı. Küçücük bir odada bir piyano, hoca ve Can hayallere doğru atılmış küçük bir somut adım. İnanılmaz derecede mutluydu. Coşku içinden taşıyor o küçük odayı dolduruyordu. Bıraksalar ellerini havaya kaldıracak kocaman kahkahalar atacaktı. Fakat o gün heyecandan ve uykusuzluktan hiçbir sesi doğru verememişti. Çok ilginç, notayı duymak ama verememek. İlk günden zorluklar gelmeye başlamıştı, günler günleri kovalıyordu, dersler ilerliyor fakat Can ilerleyemiyordu, bir türlü sesleri doğru veremiyordu. Onuncu dersin sonunda hocası artık ona söylemeliydi, "Can çok üzgünüm sende kulak yok, olmuyor, devam edemiyoruz." Can her ne kadar bu sözler karşısında yıkılsa da gecelerce sessiz sessiz kimselerden habersiz ağlasa da vazgeçmeye niyeti yoktu. Daha da çok ders almalıydı, fakat bunun için harçlıkları ve öğün keserek arttırdıkları yetmeyecekti. Okuldan artakalan zamanlarda şan dersleri parasını çıkarmak için part-time bir işe girmeye karar verdi. Her ne olursa olsun konservatuara girmeliydi bu yüzden ertesi gün hemen iş bulacak kadar kararlı ve istekliydi.

Yeni hocasıyla daha sık aralıklarla çalışmaya başladı, kazandığı bütün para şan derslerine gidiyordu. Artık sosyal yaşamı, okul, iş, şan dersleri olmuştu. Lise son sınıftaydı, bir sene okula girmeye yetecek kadar şan dersi almaya yeterdi. O yıl hiç aksamadan bu şekilde geçti. Bu süreçte kaç kez hoca değiştirmişti. Bütün hocalar sanki birlik olmuş ona aynı şeyi söylüyordu, "Kulak yok sende, boşa kürek çekme" fakat Can bunu duymaya artık çok alışmıştı, devam etmeliydi. Hayata karşı başka alternatifi yoktu. Ya opera ya da opera...

Ailesi hâlâ onun ne yaptığını bilmiyordu, kendi hayat koşturmacaları ve artakalan zamanlarda kapışmaktan ona vakit ayıramıyorlardı. Ta ki üniversite sınavı sonuçları gelip tercih yapılana dek. Can mühendislik bölümlerine bile puanı yetmesine rağmen, tercih yapmayarak opera okumak istediğini söyledi. O gün kıyamet koptu. Can onların yapacağı her şeyi zaten göze almıştı, fakat yine de kırılmıştı, asla yılmayacağını ve kararının bu olduğunu çok net bir şekilde belirtti. Kimse onu kararından döndüremezdi, öyle de oldu. Tek tercihi opera bölümüydü. Bütün opera bölümü olan konservatuar sınavlarına tek tek başvurdu. Sadece bir okul haricinde üç aşamalı sınavın, daha birinci aşamasını bile geçemedi. İlk aşamayı aldığı okulda da ikinci aşamada onun kâbusu olan kulak sınavından kaldı. Birkaç gün herkesten habersiz sessiz ağlamalarından sonra seneye tekrar, daha da iyi hazırlanarak denemek üzere harekete geçti, başka bir hayat planı yoktu.

Okulu bittiğinden, o yıl daha çok çalışıp, daha fazla para kazanıp, daha sık şan dersi alabilirdi. Yeni hocası da onun kulaksızlığından şikâyetçi olmasına rağmen Can'ın kararlılığına ve yaşadıklarına saygısından dolayı onunla derslere devam ediyordu. Can çok fazla hoca değiştirmiş, artık laçkalaşmıştı, bu yüzden o yıl tek bir hoca ile devam etmek istiyordu. Bir de hocasının önerisi üzerine ayrı birinden kulak dersi almaya başlamıştı. O yıl da böyle geçti. Ailesi artık onunla hiç konuşmuyordu, selamlaşmaları bile kesilmişti. Aynı evde yabancı gibiydiler. "Madem sen bizi dinlemiyorsun, kafanın dikine gidiyorsun bizden bir şey bekleme," deyip, ona harçlık vermeyi dahi kesmişti. Can'ın çok umurunda olmasa da bu tutum onu burkuyordu. Bu durum yıllardır ona zaten yalnız hissettiriyordu. Neyse ki artık hayatında opera vardı. Bütün bir yıl, yağmur çamur demenden, hasta olsa bile aksatmadan derslere devam ederek geçti. Sonra yine üniversite sınavı, yine başka bölümlere de yetecek kadar güzel bir puan, yine tercih aşaması, yine ailenin sitemleri ve yine Can'ın gözünü bile kırpmadan yetenek sınavlarına başvurması.

Yetenek sınavlarının sonuçları gelmeye başlamıştı, bir önceki yıla göre kendince epey yol kat etmesine rağmen, girdiği sınavlarda daha birinci aşamada elendi. İlk aşama çok önemliydi jürinin karşısında şarkı söylemek gergin bir durumdu. Can'ın da sesi gerginlikten dolayı iyice içine kaçıyordu. Yine ilk girdiği sene birinci aşamayı becerebildiği okulda ikinci aşamaya girmeye hak kazanmıştı. Bu diğer okullardaki başarısızlığını ona unutturdu. Zaten bunları düşünecek hali yoktu. Yine, o bela kulak sınavı gelip çatmıştı. Fakat o yıl aldığı kulak dersleri işe yaramış, bütün sesleri başarıyla vermişti. Üçüncü aşamada jüri onun okula alınmasını istemedi, sadece aralarından bir kişi onun girmesi gerektiğini savunuyordu. Bir kişi hayatı değiştirebilir mi? Eğer kararlıysa değiştirir. Bütün jüriyi ikna edip onu okula aldıran bir kişi oldu. Bir kişi belki dünyayı kurtaramayabilir ama herhangi birinin hayatını kurtarabilir. Can'ı bir yıl daha çalışmaktan kurtardı. En önemlisi de Can resmen opera bölümünü kazanmıştı.

Ailesi her ne kadar opera bölümünü onaylamasa da en azından oğulları üniversiteye girdi düşüncesiyle biraz rahatlamıştı. Ancak bunu Can'a yansıtmamışlardı. Sadece selamlaşma geri gelmiş, diğer koşullar aynıydı. Can'ın da çok umrunda değildi, hayallerine yaklaşmanın tadı ona göre hiçbir şeyde yoktu. Artık onu hiçbir şey durduramazdı. Can için çalışmak sorun değildi. Hem okuyup hem çalışmaya alışmıştı. Okula girmeden çalışmaya başladığı yer onu bırakmamış, okulundan dolayı part-time çalışmayı da kabul etmişti. Para her ne kadar Can'ın odağında olmasa da gerekliydi. Sosyal hayatı olmadığından öyle büyük paralara da ihtiyacı yoktu, karnı doysun yeter, okulun istediği şeyleri alabilsin yeter.

Nihayet okulun ilk günü geldi çattı. Akşam heyecandan bir saat bile uyuyamamıştı. Yaşayacaklarını hayal ediyordu. Bütün gece aralıksız gülümseyerek tavana baktı, dışarıdan onu bu halde görenler muhakkak ona deli derdi. Fakat o, tavanda sanki bir sinema perdesinde hayallerini izliyordu. Sabah herkesten erken gitti okula, üniversite ortamı başka tabi, oturdu kantine tostunu çayını aldı, insanları izledi. O an da sanki ilkokula başlamış altı yaşında bir çocuk gibiydi. Ders saati geldiğinde ilk kez bölüme girerken kapıda öylece durdu etrafa baktı ve hayallerine giden kapıdan içeri girdi. İlk kez sınıf arkadaşları, geleceğin opera sanatçılarıyla bir araya geldi, altı yıl onlarla okuyacaktı. Sanat bölümlerinde sınıf arkadaşlığı özeldir, aynı yolun yolcusu olduklarından yoldaş, kader ortağı olurlar, aynı dili konuşurlar, derin dostluklar olur burada ya da tam tersi derin hasımlar. Ama ilişkiler nasıl olursa olsun derin olur. Hemen kaynaştılar. Can sınavı nasıl kazandığını, onu savunan hocasını bilmiyordu. Ama zamanla, bizzat onun şan hocalığını üstlendiğinden öğrenecekti. Diğer hocalar ise uzunca bir süre her çalışma sonunda "Sen niye bu okula alındın ki?" der gibi ona bakacaktı. O, okulu kazanma hikâyesini, bizzat o hocadan çok uzun zaman sonra öğrendi. Ona ömür boyu minnettar kalacak, her gördüğünde saygıyla onu selamlayacaktı.

İlk yıl ondan çok verim alınamamıştı, sürekli tökezliyor, çok yavaş ilerliyordu. Bu durum çok canını sıksa da defalarca vazgeçme kapısının önüne gelse de yılmadı hep canla başla çalıştı. Kaplumbağanın bile kendisinden daha hızlı ilerlediğini düşünüyordu. Kafası sürekli bunlarla meşgul olduğundan, karşı cinsle bırakın ilişkiyi, ufacık bir flört anı bile olmamıştı. Onun hayatında tek önemli olan operaydı. Bu durum o CD'yi dinlediğinden beri böyle süre gelmiş, artık kemikleşmişti. Neredeyse başka hiçbir şey düşünmez olmuştu. Her fırsatta kafasının içinde okulda gördüklerini tekrarlıyor, nerede hata yaptığını bulmaya çalışıyor, içine düştüğü açmazdan kurtulup, yol almak istiyordu ama bir türlü olmuyordu. Canı çok ama çok sıkılıyordu.

Birinci sınıf bittiğinde elinde çok bir şey yoktu, arkadaşları ondan kat ve kat hızlı ilerlemiş, o ise iğneyle kuyu kazmıştı. Etrafındaki insanlar operanın zorluğundan bihaber ona, "Hadi bir şarkı söyle," deyip duruyordu, o ise operanın zorluğundan bahsedip hocalarının ona şarkı söylemeyi yasakladığından bahsediyordu. Çünkü biliyordu ki söylese onunla dalga geçilecekti, bir de bunu taşımak istemiyordu. "Zamanı geldiğinde söylerim," diyerek onları geçiştiriyordu. Ailesi sormuyordu bile. Evde ses açma çalışmalarına birkaç kez denk gelmiş, sadece boş gözlerle birbirlerine bakmışlardı.

İkinci sınıf başlayana dek yine tam zamanlı çalıştı, yeni yıla hazırlık yaptı biraz para biriktirdi, harcını ödedi, kitaplar aldı. Zaten parasının çoğu fotokopiye gidiyordu, o zamanlar nota bulmak bugünkü gibi kolay değildi, her parçanın notası onun için hazine değerindeydi. İkinci sene de parlak geçmedi, hatta neredeyse okuldan atılıyordu. Yine yılsonunda jüri karar aşamasında birbirine girmişti, çoğunluk her ne kadar bu çocuktan olmayacak dese de kenarda sessizce onları izleyen hocası onun iyi olacağını düşünüyordu. Bir şekilde bu yıl da yırtmış ve üçüncü sınıfa geçmeye hak kazanmıştı. Yine direkten dönmüştü. Özgüveni yerlerdeydi ancak o çoktan "vazgeçmek" kelimesini sözlüğünden çıkarmıştı. Çok az da olsa ilerliyordu. Artık sınıf arkadaşlarının çoğu cayır cayır parça söylemeye başlamıştı. O ise daha tam olarak sesinin rengini bile keşfedememişti. Tamam, çoğu hocası ona tenor diyordu ama nasıl tenor? Cılız, incecik, altı boş seslerle geçen iki yıl.

O yaz da canla başla çalıştı, sabah işe gitti akşam egzersizlerini yaptı. Ancak okul başladığında artık başka iş yapmanın ona zarar verdiğini düşünüp işi bıraktı. Çalışmamak gibi bir lüksü yoktu. Devlet operaya gitti, bizzat müdürle konuşup durumunu anlattı. Müdür onu çok iyi anladı, artık o operada bir figürandı. Üçüncü sınıfta her ne olduysa bir anda, mucize gibi sesi açıldı. Sanki yıllarca içinde biriktirdiği bilgiler, teorik olarak anladığı fakat yapamadığı her şeyi yapmaya başlamıştı. O kaplumbağadan daha yavaş cılız tenor bir anda tavşana dönüşmüş cayır cayır söylemeye başlamıştı. Bir yandan da operada çalışmak ona iyi gelmişti, reddedilemez gelişimi gözden kaçmamış onu figüranlıktan koroya taşımıştı. Bu yılı göz açıp kapanıncaya kadar hızlı geçmişti. Genel de tatilde insan mutlu, kaygısız olunca zaman su gibi akar geçer ya o misal işte.

Yılsonu sınavı için parça seçiminde yıllardır gözleri kapalı dinlediği, bir gün söylemek için can attığı parçayı artık söyleyebileceği inancını kazanmış bunu da hocasıyla paylaşmıştı. Hocası ona bir an da "Tamam bunu yapalım, o zaman," dediğinde bir müddet heyecandan nefesi kesildi, konuşamadı. Sonrasında yüzü hafiften gülmeye başladı, gülümsemesi gitgide büyürken gözleri de doluyordu. Kafasına bir sürü kelime üşüşüyor ama ağzından tek bir ses çıkmıyordu. Gözyaşı gözünden süzüldü. Aniden hocasına sarıldı. Hocasının da gözleri yaşlıydı, bir müddet böyle kaldıktan kısa bir zaman sonra sessizlik bozuldu, "Çok işimiz, az zamanımız var hadi çalışmaya başlayalım," dedi. Can hemen kendisini toparladı. Zaten yıllardır dinlediğinden, ister istemez ezberlediği parçanın ilk notası piyanodan duyuldu... Haftalar sonra hayali artık gerçekti. Can cayır cayır İnci Avcıları* operasının o muhteşem *Je crois entendre*

** Georges Bizet, Les pêcheurs de perles (inci avcıları)*

encore adlı aryasını söyledi. İlerde bu operanın tamamını oynayacaktı. Üçüncü sınıfı bu şekilde geçti, onun için çok parlak bir yıldı. Sonunda ektiği ağaç büyümüş, hatta ona meyvelerini vermeye başlamıştı. Ödediği onca bedelin ödüllerini alıyor, dünyanın en mutlu insanı haline geliyordu. Fakat asıl ödül dördüncü sınıfta geldi.

Opera'nın koridorlarında yürürken Donizetti'nin *Belisario* operasının panoya asıldığını görmüştü. Alamiro rolü tam onun sesine ve fiziğine göreydi. Derhal notaları aldı, hocasına gitti. Hocası da bu rolün çok uygun olduğunu düşünmüş ve onu çalıştırmıştı. Hazır olduğunda bizzat müdürün kapısını çaldı, kendini dinletirdi, rolü almıştı. Daha öğrenciyken başrole çıkacaktı. Bir anda, "Bu çocuk olmayacak," diyen bütün hocaları susmuştu. İlk başrolünü almanın şokunu üzerinden daha atmadan gece gündüz çalışmaya başladı, sonunda başarmıştı. Geceleri üzüntüden gizli gizli döktüğü, alın teri ile karışmış gözyaşları, artık sevinç gözyaşlarına dönüşmüştü. Kendi çalışmalarını tamamladıktan sonra piyanist eşliğinde parçaları iyice öğrenme sürecinin de hakkını vermişti. Artık provalar başlamıştı ve hiçbir sorun olmadan geçmişti. İlk rolünü oynamaya hazırdı artık. Son genel provada muhteşem geçti. Bir yandan çok mutlu, bir yandan da olanlara hala şaşkındı. O gece de heyecandan doğru düzgün uyuyamadı. Ertesi akşam AKM büyük salonda resmen bin üç yüz kişinin huzurunda sahneye çıkacaktı. İçinde korku heyecan mutluluk bir aradaydı, gözleri doluydu, yüzü bir gülüyor, bir asılıyor, bir şaşırıyordu. O gece, bu duygularla, arada küçük uyuyakalmalarla geçti ve temsil saatine kadar tam gaz artarak devam etti. Öğlene doğru irkilerek uyandı. Uyanır uyanmaz sahnede yapacaklarını kafasından geçirdi ve doğruca yola çıktı. Kuliste ayna karşında kendiyle baş başa oturuyordu, daha kimsecikler yoktu. Gözleri gözlerinde bu zamana kadar yaşadıklarını düşünüyordu. İçi sakinlemişti. Bir kaç saati kendisiyle baş başa geçirdi. İçindeki huzur, sanki bugüne kadar yaşadığı tüm olumsuzlukları silip süpürmüştü. Temsil saati yaklaşıyordu. Yavaş yavaş hazırlanmaya başladı. Giyindi, makyajını yaptı, sesini ısıttı. Yarım saati kalmıştı. Yavaşça odasından çıktı, biraz rol arkadaşlarıyla konuştu, birbirlerine başarılar dilediler.

Orkestra yerini almıştı, enstrümanlarını akort ediyorlardı bu sırada çıkan sesler, apayrı bir müzik gibi gelir, sanki bir şiirin içindesin gibi, sanki muhteşem bir rüya görüyorsun da uyanmak istemiyorsun gibi. Gözleri kapalı sadece dinledi. Artık bu seslere seyircinin uğultusu da karışmıştı, herkes yerine yerleşiyordu. Sonra anons geldi, ışıklar kapandı, derin bir sessizliğin hemen ardından uvertür tüm ihtişamıyla başladı. Zaman o an başka akmaya başlamıştı. Sanki sahne de değil de bulutların üzerindeydi, içi çelik gibiydi. Çoktan yerini almıştı, sırası geldiğinde derin bir nefes aldı, bir adım attı ve artık sahnedeydi...

İşte en büyük aşkıyla ilk buluşması böyle oldu. Yıllar geçti, aşkı daha da alevlenmiş bir şekilde yolculuğuna sahnelerde devam etmekte...

Davetsiz Misafir

Aşk, keskin bir kılıca dokunmak gibi kılıcın çok keskin olduğunu bildiğin halde dokunmak, kesileceğini bile bile dokunmak.

Hiçbir gün, sıradan değildir aslında. Bizler monotonluktan, neden yaptığımızı bilmediğimiz rutinlerden dolayı öyle hissederiz ya da kendimizi hapsettiğimiz geçmişimizin penceresinden baktığımızdan, günlerin hepsini aynı zannederiz. Unuturuz her yeni günün yaşam dolu bir hediye paketi gibi geldiğini fakat onu genelde hiç açmayız. Rahatsız etse de inadına sarılırız alıştığımız rutinlere. Yenilik, tazelik isteriz ettiğimiz sohbetlerde fakat bu geldiğinde düzen bozulacak diye, rahatsızlık duymaya başlar, homurdanırız. Tam olarak böyle başlayan bir günde başladı, bu hikâye. Sen istediğin kadar diren, bazen yaşam bildiği gibi gelir. Bir bakmışsın asla olmaz dediğin bir olayın başkahramanlarından birisin.

Oturup hayal edince bir kadın ve bir adam arasında neler olabilir ki? Teoride hepimiz bunu düşünmüşüzdür elbet. Yaşam başka ama bazen bütün bildiklerin hiçbir işe yaramaz, düşündüğün gibi olmaz.

Milyarlarca insandan biri, beklenmedik bir yerde karşına geçip ete kemiğe bürünmüş halde durur aynı anda aniden birbirinizi fark edersiniz. İşte o an, daha hiç vakit geçmeden, saliseler içinde, yalnızlık da hüzün de neşelenir, şimşekler çakar ardından hemen güneş açar, camlardan girmeye başlar. Bahçedeki bütün bitkiler takip edemediğin bir hızla yeşillenir, bir anda çiçekler açar. Tarif edemediğin, fakat çok güçlü duygular yüreğine âdeta masaj yapar, saç telinden, ayakucuna kadar içini tuhaf ama huzur veren bir enerji kaplar. O insan fiziksel olarak yanında olmadığında bile karşında bir çift saflıkla gülümseyen göz, saçlarında dolaşan bir el ve müthiş bir sessizlik.

Ayperi o gün, normal her günkü gibi uyandı, duşunu aldı. Saçlarını kurutmazdı ve bu yüzden sık sık hasta olurdu ama yine de kurutmazdı, gençlik işte daha yirmilerin ortasındaydı. Öyle ahım şahım bir güzelliği yoktu, fazla kiloları olmayan, eli yüzü düzgün, karakaş, kara göz, sıradanlıktan bir üst güzellikte bir kadındı. Onu aslında diğer kadınlardan ayıran en büyük özelliği, bunun farkında olmasa da kendini serbest bıraktığı zamanlarda ortaya çıkan enerjisiydi, bu haldeyken gülmesi âdeta her kapıyı açacak cinstendi. Normal giyim tarzı salaş olsa da o gün güzelce hazırlandı. İçinde tabii ki heyecan vardı. Bu iş görüşmesi onun için önemliydi, daha önceden arkadaşları aracılığıyla birkaç küçük işte çalışmıştı, sadece. Bu onun için ilk ciddi iş görüşmesiydi.

Alphan, yıllardır yalnız yaşıyordu ve bu durumla son derece barışıktı. Her yeni güne elinde kahvesiyle merhaba der, kahvaltı etmezdi. Otuzlarının sonuna yaklaşmış olasına rağmen, spor yaptığından ve kendine baktığından, yaşıtlarına göre oldukça genç görünürdü. Fakat konuştuğunda onu görmeyen, sadece duyan biri sanki seksen yaşında bir adam konuşuyor zannedebilirdi. Kendini iyi yetiştirmişti; bilgiliydi, sükûneti severdi. Yalnızlığıyla zorlukla kurduğu dostluğu onun güç kaynağıydı. Delici, yalansız ve masmavi bakışları, karşısındakine senin içini görüyorum mesajını verir gibiydi âdeta onlara bir ayna tutar cinstendi. Bu yüzden de nedense insanlar ondan çekinirdi. İşgüzar insanlarla arası hiç iyi değildi. Bu tür insanların zaten hemen foyası meydana çıkar, onlara hiç prim vermezdi, sahtelikten hoşlanmazdı. Sakin kafası, hiç akla gelmeyecek büyük fikirleri bulmasını sağlardı. Bu özellikleri sayesinde genç yaşta kariyer yapmıştı, sözü geçen bir insan olmuştu. Fikirlerinin gücünü bilse de ben bunları çok iyi biliyorum tavrıyla şov yaparak bunları dile getirmez, aksine gayet sakince ifade ederdi. Lafları eğip bükmezdi, dosdoğru konuşurdu. Bu gücü sayesinde patronu bile ona karışmazdı. Kariyerine başladığı reklam şirketinde kısa zamanda hatırı sayılır bir konuma gelmiş, şimdilerde ise baş karar merci konumundaydı. Kimse ona mesai saati vermezdi, çalışacağı saatler ona bağlıydı, o da bu durumu hiç suistimal etmez sabah neredeyse kimse gelmeden iş yerine gelir, herkes çıktıktan sonra evine giderdi. İşe yeni başlayanlar hep ona öykünürdü.

O sabah da böyle her zamanki gibi oldu. İş yerine herkesten önce geldi, o gün neler olacağını kontrol etti. İlk işi başvurusu, ön kabulden geçmiş bir iş görüşmesi yapmaktı.

Vakit geldi çattı Ayperi iş görüşmesine geldi, tanıştılar. Çoğunlukla tanışmalar protokol davranışlarla yapılır, her iki taraf da kibar, güler yüzlü bir şekilde sırayla isimlerini söyler, tokalaşırlar. Tanışmaları bu şekilde, sıradan bir şekilde oldu. Sonra biraz kaşa göze biraz kıyafete bakılır. Karşı tarafın enerjisine acaba bu işe uygun mu sorusu ile bakıldığından karşı cins faktörleri çok düşünülmez, en azından, Alphan gibi gerçek profesyoneller böyle yapar. Bu tür anlar iki taraf da birbirini tanımadığından aslında gergin bir andır. O gün her nedense ikisi de rahattı. İş hakkında konuştular, iki taraf içinde şartlar son derece uygundu. Haddinden fazla kısa süren bu görüşme herkes için olumlu sonuçlandı. Hatta o akşamki iş toplantısına çiçeği burnunda Ayperi de katılacaktı. Bu kadar hızlı olması Ayperi'yi şaşırtmıştı ama halinden memnundu, bu durumu sorgulamadı. Sonuçta bunu hak ettiğini düşünüyordu. İşe girişi yapıldı, ekiptekilerle tanıştı, odası falan derken akşam olmaya başladı. İlk katılacağı toplantı saati yaklaşmıştı. Müthiş bir özenle son hazırlıklarını yaptı. Aklında iş dışında bir şey yoktu.

Hünerlerini, varoluşunu sergilemek üzere bugün kurtlar sofrasında yerini alacaktı. Vakit geçtikçe içindeki gerilim artıyordu.

Ayperi dışındaki herkes için rutin iş toplantısı geldi çattı. Hava yeni kararıyor, güneş yerini karanlığa bırakmaya hazırlanıyordu. Şirketin biri kendini, daha geniş bir kitleye tanıtmak istiyordu. Karşılarında ise âdeta ellerinde bezle duran reklamcılar, o şirketi parlatacak fikirlerle oradaydılar, hazırlıklar yapılmıştı. Aralarında sadece yılların kaşarı Alphan hazırlıksızdı. Düşünmüştü fakat bir fikir bulamamıştı. O da çoğu zaman yaptığı gibi kendini toplantıda olacaklara bırakmış, işi en kötü gökten meteor gibi düşecek fikre kalmıştı. Ayperi ise son derece heyecanlıydı. Bunu saklamaya çalışsa da içinden taşıyordu daha ilk gününde bugüne kadar katıldığı en ciddi toplantı, bunu düşündükçe söz ona geldiğinde sesi titremesin diye dua ediyordu. Böyle durumlarda gerildiğinde, çekindiğinde, tanımadığı insanlara, hele ki kalabalık bir ortamsa sesi titrerdi. Durmadan içinden bugün olmasın lütfen diye geçiriyor, duygularına hâkim olmaya çalışıyordu. Alphan'a baktı, adam neredeyse hareket bile etmiyordu, sadece gözleri oynuyordu, yılların rahatlığı tabii, yaşanmışlık, tecrübe, diye düşündü. Alphan aslında bu sırada köşeye oturmuş, kendini ana bırakmış, sakince etrafı izliyor, müşteriyi tanımaya çalışıyordu. Arada gözüne Ayperi takılıyor, fakat sadece bakıyordu birazdan görecekti performansını, ilk gün acaba ne kadar hazırlandı? Ayperi'nin aklında sadece kariyeri vardı, bugün bir fırsat, acaba fikirlerini nasıl bulacak müşteri, bu çok ama çok önemli. Haliyle yaşadığı ülke şartlarından ötürü endişeliydi, geleceği ne zaman düşünse kayboluyordu. Gerilimi git gide artıyordu. Hadi artık başlasın, ne olacaksa olsun diye geçirdi içinden.

Derken toplantı başladı, herkes hazırdı. Ciddiyetin sessizliği, acaba ilk kim konuşacaktı? Şirket yetkilileri söze başladı, reklamcılara daha önceden yolladıkları, nasıl bir reklam istediklerini bir kez daha aktardı. Ekipten fikirlerine güvenenler söz alıp teker teker stratejilerini söyledi ve nihayet sıra Ayperi'ye gelmişti. Normalden uzun bir sessizlik girdi araya bir yudum su içti, boğazını temizledi o sırada tekrar söyleyeceklerini düşünüyor, kendine zaman kazandırıyordu. Herkesin gözü ondaydı; ya heyecanına yenik düşüp kalkıp toplantıyı terk edecek ya da sesinin titreme ihtimalini göze alıp fikirlerini net bir biçimde ifade edecekti. Toydu daha tabii, heyecanını kontrol edemiyordu. Bu tür anları hiç sevmezdi. Sesine yansıyan titreme, her seferinde heyecanını ele verirdi. Bu onun travması olmuştu. Halbuki ne kadar güzel hâlâ heyecanlanabilmek, tabii çoğu zaman insanın heyecanı dışa vurma anı gelip çattığında, coşku korkuya dönüşür. Mesela tiyatrocular sahneye çıkmadan önce heyecanlıyım derler, oflar puflarlar aslında bu, heyecan maskesi altındaki korkudur.

Ayperi için de aslında durum böyleydi. Heyecanlanma adı altındaki korku onu ele geçirmek üzereydi. Fakat konuşmaya başladı, bütün kontrol etme çabasına rağmen sesi titredi ama o titrek titrek anlatmaya devam etti. Halbuki fikirleri ne kadar kıymetli, ne kadar saf bir yerden geliyordu. Alphan bunu tabii ki fark etti. Onu sadece dinliyordu. Şirketin temsilcileriyse olanların farkında bile değildi, tek dertleri reklam fikirlerini duymaktı. Patron onları görevlendirmişti, bir an önce toplantı bitsin de evimize gidelim derdindeydiler. Fikri satın almaya zaten dünden hazırlardı. Ama Ayperi orada kendini gerçekleştirme derdindeydi, işini de çok seviyordu. Bu bir varoluş mücadelesiydi, kaybetme korkusu had safhadaydı ya toy olduğu anlaşılırsa ya söyledikleriyle dalga geçilirse zaten yıllarca insanların ona sesin titriyor demesinden son derece sıkılmıştı. Bu kadar kontrol edebiliyordu, ne yapsın.

Fikir Alphan için tamamdı, o yüzden reklamı falan bırakmış, etrafı tartıyordu. Toplantı sonrası elbette her zamanki gibi kendini tutamayacak gözlemlerini paylaşacaktı ve bundan Ayperi de nasibini alacaktı. Sadece ne söylediğinden çok nasıl söyleyeceğini tasarlıyordu. Diğerleri alışkın, Ayperi de alışır dedi kendi kendine. Sonuçta artık o da ekibin bir parçası, söylemek de insan olarak boynunun borcu, böyle böyle gelişecek toy Ayperi. Sonuçta başarı da ekibin başarısızlık da tam olarak böyle düşünmekteydi. Kızın daha ilk günü bu sakın unutma, şevkini kırma diyordu kendi kendine. Zaten kadının bulduğu fikir gayet güzel sadece fikri satma becerisi yok. Alphan'ın işi de bu; fikri geliştirmek, süslemek. Aslında toplantı bitmişti, fakat biraz daha sürmeli ki karşı taraftaki şirket kendilerinin ciddiye alınmadıklarını düşünmesin. Çoğunlukla bazı şeyler haddinden daha hızlı olunca karşı taraf kale alınmadığını düşünür. Alphan tecrübesiyle bu durumun son derece farkındaydı. Zaman yeterince geçmişti, Alphan da fikri sevdi. Diğerlerinde daha iyi fikirler bile olsa önemli değildi bu andan sonra. Reklam, Ayperi'nin fikirleri üzerinden tasarlanacaktı. Nihayet Alphan kibarca söz aldı, etkili bir konuşma yaptı ve toplantıyı sonuçlandırdı. Özgüveninden gelen soğukkanlı hali davranışlarına ve sesine yansımakta, bu da onu karizmatik yapmaktaydı. Zaten ikna olmaya dünden hazır şirket yetkilerinin yüzünde işi hallettik tamamdır, uğraşmaya gerek kalmadı, bitti ifadesi etkilenmişlik ve gülümseme olarak tezahür etmekteydi. Rahatça evlerine gidecekler ve patronlarından yıldızlı beş alacaklardı, daha ne olsun. İnsan bir şeyi sorun ettiğinde negatif enerjiye uzun süre maruz kalmamak adına, fikirler kötü de olsa bir an önce çözme isteğiyle, işin şişeceğini bilse bile ikna olmaya hazırdır, yeter ki gerginlik olmasın. Bütün bunların farkında olmayan Ayperi daha ilk günden başarıyı sağlamıştı. Başarmanın etkisiyle yüzünde güller açmaktaydı.

Daha toplantı alanı terk edilmemiş, insanlar aralarında öbekler oluşturmuş sohbet etmekteydi. Alphan hiç vakit kaybetmeden

Ayperi'nin yanına gitti. Henüz Ayperi onun için gayet sıradan bir iş arkadaşından öte değildi. Direkt söze girdi, "Öncelikle seni tebrik ederim, fikrin gayet iyi. Benim için açıkça konuşmak, ekip olmanın en önemli kuralı, buna dayanarak konuşuyorum. Lütfen bunu bil ve alınma, sesin titredi farkında mısın?" dedi, Ayperi'nin fikrinin kabul görmesi hoşuna gitmişti, keyfi yerindeydi aslında her ne kadar dışarıdan böyle heyecanlı da olsa açık konuşmak, onu da mutlu ederdi. Zaten bu soruyla karşılaşmak da onu şaşırtmamıştı. Hemen cevapladı, " Evet, bu kadar kontrol edebildim heyecandan kusura bakmayın," diye, gayet açık sözlü bir şekilde cevap verdi. Alphan bunu sorarken onun gerileceğinden çekinmişti, sonuçta daha birbirlerini tanımıyorlardı ama aldığı cevabın bu kadar içten olması hoşuna gitmişti. Alınmış olsa bile bunu belli etmemişti. Alphan gülümseyerek kafa salladı, "Şuraya oturalım, biraz konuşalım," dedi. Ayperi hiç karşı koymadı, oturdular. Normalde bu tarz konuşmaları bu saatlerde ve ofis dışında pek yapmazdı ama o an içinden nedense böyle gelmişti. Kısa bir sessizlikten sonra Ayperi'ye döndü ve "Toplantıda anlattıklarını, şimdi bana daha rahat bir şekilde anlat lütfen," dedi. Ayperi zaten rahatlamıştı, daha ilk günden fikirleri ciddiye alınmış, üstüne de kabul edilmişti, karşısında kalabalık da yoktu. Başladı anlatmaya Alphan ara ara sözünü kesti gerçekçi ve onu geliştirecek eleştirilerini net bir şekilde dile getirdi. Ayperi aslında bunlara kızıyordu, her eleştiride gözlerini adama dikiyor, bir yandan kızan bir yandan da gülümseyen gözlerle Alphan'a bakıyordu. Toplantı masasında silik duran bir tipin derinlerinden bir amazon savaşçısı kendini belli etmeye başlamıştı. Gülüşü çok içten ve güzeldi. Ön dişleri diğer insanlarınkinden biraz daha iriydi ve güldüğünde dişleri ortaya çıkıyordu. Gülüşü heyecanı, endişesi, kızgınlığı, fakat buna rağmen gülen gözleri, eleştirilmek hiç hoş değil ama dediklerin doğru edası, alınıyorum aslında ama konuşmaya devam et hali. Alphan içinden onu bu anda bir sincaba benzetti, içine amazon kaçmış bir sincap. Bunu ona çok sonra söyleyecekti. İlk etkilenme işte böyle olmuştu.

İnsanlar artık toplantı alanını terk etmeye başlamışlardı. Alphan, Ayperi'yi ve birkaç iş arkadaşını yemeğe davet etti. Normalde o da bir an önce gitmek isterdi ancak o gün Ayperi ile biraz daha vakit geçirmek istedi. O kısacık anda yaptıkları konuşma hoşuna gitmişti, yarım bırakmak istemedi. Bu sırada Ayperi yemeğe gitmeyi kabul etti. Telefonunu aldı, müsaade istedi ve sevgilisini aradı. Alphan sabah onunla iş görüşmesi yapacağını anladığında, onu sosyal medyadan incelemişti, bir sevgilisi vardı. İncelerken bunun üzerinde bir an bile düşünmemişti, fakat o an aklına bu geldi. Telefon konuşmasını çaktırmadan dinledi, zaten Ayperi de bu telefon için bir kuytuya gitme gereği duymamıştı. Gayet sıcak bir tonda sevgilisiyle konuştu. Alphan aslında ondan etkilenmişti fakat bu konuşmaya şahit olduktan sonra içinden aman saçmalama dedi kendi kendine ve bu durumu önemsemeden geçiştirdi. Ayperi'ye baktı onda bir etkilenme durumu sezmedi. Ekip toplandı, vakit kaybetmeden yemeğe gittiler.

Yemekte işin hallolması dolayısıyla ortama neşe hâkimdi, kimse iş konuşmadı. Ayperi'nin de utangaçlığı gitmiş, neşeyle muhabbete iştirak etmekteydi. Alphan çaktırmadan Ayperi'yi izliyor, birlikte çalışacağı insanı daha da iyi tanımak istiyordu. İlginç bir şekilde sanki yıllardır birlikte çalışıyorlarmış, uzun zamandır tanışıyorlarmış gibi hissetti, etkilenmeye istemese de devam ediyordu ama bunu kendine itiraf edemiyordu. Sonuçta hayatında biri vardı. Bu şekilde yemek de geçti, ekip dağıldı. Alphan, Ayperi'ye arabayla isterse onu gideceği yere bırakabileceğini teklif etti. Fakat Ayperi de araba ile gelmişti. Alphan,"O zaman arabaya kadar yolcu edeyim," dedi. Yolda da bir miktar havadan sudan konuştular.

Her güzel zaman hızlı geçer. Nedense Alphan daha da konuşmak istiyordu. Ama yapacağı bir şey yoktu, onu bir yere davet etse kendisini sokacağı durum onun içini müthiş bir şekilde rahatsız ediyordu. Arabaya vardılar. Normalde hemen binip gidilir, ama onlar bir müddet daha konuştular. Ayrılma zamanı geldiğinde, herkesin tokalaşıp yanak yanağa öpüşerek yaptığı vedalaşmayı, Ayperi sarılarak yaptı. Alphan ise bu beklemediği hamleden çok etkilendi, içi bir an için sıcacık oldu, öylece kalmak istedi fakat hayır, kesinlikle etkilenmemeliydi. Sanki bu sarılma çok sıradanmış gibi davrandı. Ayperi hiçbir şeyin farkında değildi ya da farkındaydı ama çaktırmıyordu sadece gülümsüyordu. Bir gülümseme insanı ne kadar etkileyebilir? Sonra gitti. Alphan, araba gözden kaybolana kadar düşünceli bir biçimde arkasından baktı. Kendi arabasına gidene kadar "Herhalde toplantıda endişelendi, sonra rahatladı o yüzden bir teşekkür sarılması bu ya da karşılıklı bir etkileşim mi acaba?" diye düşündü. Derhal kendini susturdu, kafasında bir git gel yaşıyordu. Kendine kızdı "Sonuçta yalnız bir kadın değil, kafanda saçma sapan şeyler kurma" minvalinde düşüncelerle arabasına bindi, gaza bastı.

Araya haftaya sonu girecek, onu iki gün sonra görecekti. İçi kıpır kıpır değildi ama sanki içinde uzun zaman önce dondurduğu duygularda bir çözülme başlamış gibiydi. Bu konuyu derhal kapattı. Pazartesine kadar da düşünmedi. Sevgilisi olan biri hakkında düşünmek hoş değildi. Kafa yapısı bunu yapmasına izin vermiyordu. Yaşadığı duyguları önemsemedi. Hafta sonu ara ara cılız düşünceler geldi gitti fakat bunların üzerinde hiç durmadı. Hafta sonunu rutinleriyle geçirdi.

Hafta, Ayperi'nin tasarımının, reklamı yapılacak firmadan kabulünün bildirildiği resmi yazının gelmesiyle başladı. Herkesten önce işe gelen Alphan bu konuda sevinçliydi. Bütün bir hafta sonu, içini soğutmuş yine profesyonel bir iş adamı tavrıyla haftaya güzel haberle başlamıştı. Talimat verdi bu kampanyada çalışacakları seçti ve hemen ardından toplantı saatini verdi. Sekreterine Ayperi geldiğinde derhal ona haber vermesini söyledi. Bunu söylerken iki gün önce yaşananlara dair içinde hiçbir şey yoktu, tamamen iş ile ilgiliydi. Çok geçmeden ikinci gününde Ayperi işe geldi ve derhal sekreterin talimatıyla, Alphan'ın yanına gitti. İçeriye girdiğinde ikisi de kısa bir an kaldılar. Bu an Alphan gördü ki hafta sonu soğuttuğu içi yine bir anda ısındı. Sanki onsuz iki gün hiç yaşanmamış, arabaya yolcu ettiği andan bu yana sadece birkaç dakika geçmişti.

Bu durum hiç hoşuna gitmedi. Bu yüzden Ayperi'ye de diğer iş arkadaşlarına karşı takındığı tavrı takınmaya karar verdi. Her ne kadar zorlanarak bunu ara ara becerse de zamanla görecekti ki ne hikmetse, bu duruş ona karşı işlemeyecek, hatta hayata karşı takındığı bütün tavırlar çökecekti. Âdeta zırhlarla kuşanan bir savaşçının savaş meydanında bir anda bütün zırhı, silahları elinden alınmış, çırılçıplak kalmış gibi hissedecekti kendini. Suratı beton gibiydi. Ayperi de sanki inadına kocaman gülümsüyordu, o iki iri dişi pıt dışarıya çıkıyordu ve o güldükçe Alphan kendisinin, hızla ona doğru çekildiğini hissediyor, bir yandan da sevgilisi olan biri hakkında böyle düşünmenin rahatsızlığını bütün hücrelerinde yaşıyordu. Abuk olmayacağını bilse "Gülümseme, ne gülüyorsun," diye, bağıracaktı. Ama olur mu? Mutluluktan tebessüm eden bir insana, gülme denir mi durup dururken? Ortasından çatlayacak gibiydi. Hayatında ilk kez böyle bir durumla karşı karşıyaydı. Yaşı, tecrübeleri bu durum karşısında tıkanmıştı. Bir yandan bunları yaşarken, bir yandan da işi konuşmalıydı. Çok geçmeden "Günaydın," dedi, soğuk bir tavırla ve devam etti "Lütfen şöyle oturun Ayperi Hanım". Ayperi soğuk tavrı garipsedi, gülümseyen gözleri yerini soru işaretleriyle dolu bakışlara bıraktı. İki gün önceki adamla aynı gözüken bu adamda kimdi? Herhalde ofis ortamında bu şekilde diye düşündü. Yavaşça oturdu. Yüksek sezgileri ona bir gariplik olduğunu söylüyordu, bunu neden bu kadar garipsemişti. Kendini o an anlamadı, sonra fark edecekti ki aslında o da Alphan'dan epeyce etkilenmişti.

Alphan son derece profesyonel bir tavırla Ayperi'yi tekrar tebrik ederek, söze başladı, projesinin kabul edildiğinden ve bu projenin normalde olması gerektiğinden daha da hızlı hayata geçirileceğinden bahsetti. İlk adım reklam çekimi olacaktı. Çekimler İstanbul dışında gerçekleşecekti ve hazırlık yapmak için önlerinde beş gün vardı. Ekibin bugün itibariyle ön hazırlıklara başlayacağını, ardından da bu hafta sonu çekimlerin yapılması planlanan Bodrum Yalı Çiftlik'e gideceklerini söyledi. Ayperi ise çok önceden planladığı, hafta sonu uzakta olan ailesinin ziyareti sebebiyle gelemeyeceğini ancak pazartesi günü kendisine katılabileceğini ifade etti. Alphan buna nedenini kendisinin de anlamadığı bir şekilde hafiften içerlese de üstelemeden kabul etti. Kendisi ondan iki gün erken giderek orada yapılacak işleri bir nebze olsun rahat kafayla hafifletebilirdi. Ayperi ise hem projesinin bu hale geldiğini hem de bir hafta Bodrum'da kalacağı için mutlu bir şekilde gülümsüyordu. Yine mi? Alphan'ın içi eriyordu. Bir an öylece kaldılar. Sessizliği Alphan, "Teşekkürler, şimdilik bu kadar, öğlen toplantı olacak orada görüşürüz," diyerek, bozdu. Ayperi ise içinden "Neden böyle davranıyor acaba," diye düşünerek odayı terk etti.

Alphan'ın kafasında o odadan çıktığından itibaren acaba orada nasıl olacak? Sorusu dönmeye başladı. Öngörüsü sağlam olan Alphan, hiçbir şekilde olacaklar hakkında tahmin yürütemiyordu. Bir yandan etkileniyor, bir yandan da kendisini etkilendiği insandan uzaklaşmaya çalışıyordu. Bu durum onu germişti, canı sıkıldı.

Bunu bir an evvel kökten çözmeliydi. Derhal yerinden kalktı. "Bugün Pazartesi yapılacak çok iş var," diyerek dikkatini tamamıyla işe yönlendirmeye çalıştı.

Koşturmacalar, ara toplantılar, hafta planlamaları derken toplantı saati geldi çattı. Bütün ekip hazır onu bekliyordu. Ayperi de çoktan toplantı salonunda yerini almıştı. Bu durum ekipten bazı insanlar için sinir bozucuydu, kimisi nasıl onun bu kadar hızlı proje kabul ettirdiğini anlayamıyordu. Dün bir bugün iki, torpilli mi yoksa bu kız? Kafalarda bu tarz düşünceler dönerken, dışarıdan bakan için her şey normal gözüküyordu. Kapı açıldı ve Alphan bütün karizmasıyla içeri girdi. Bir anda bütün salon onun enerjisiyle kaplandı. Suratından düşen bin parçaydı fakat onun bu haline artık bütün ekip alışkındı. Bunu tek garipseyen Ayperi'ydi, "Ne domuz bir adam," diye, düşündü o an. Alphan hiç vakit kaybetmeden konuya paldır küldür girdi; planlamayı, zamanlamayı, yapılacakları en ince detayına kadar anlattı ve ekibe döndü, "Sorusu olan?" diye, sordu. Kimseden ses çıkmıyordu, Alpan bu sırada beklerken soran gözlerle herkesin yüzüne tek tek bakıyordu fakat Ayperi'nin yüzüne hiç bakmadı. Bir an daha bekledikten sonra "O halde hemen çalışmaya başlayalım, hepimize hayırlı olsun, bol şans, bu arada çarşambadan itibaren, aranızda olmayacağım, set için önden gideceğim, sonraki pazartesi de Ayperi hanım bana katılacak," diyerek odayı hızlıca terk etti. Çıkarken de Ayperi'ye bir saniye dahi bakmadı. Ayperi ise ondan hiç gözlerini ayırmadı. Kafasında bir soru vardı, "Hani Cuma gidecekti? Acaba ben mi yanlış anladım?" Ayperi'nin de kafası karışmaya başlamıştı. Ekibin diğer elemanları yavaşça odayı terk etmeye başlamışlardı, bu kız ne ayak düşünceleri devam etmekteydi. Daha ikinci gün bitmeden ona bilenmeye ve açıklarını aramaya başlamışlardı.

Bundan sonraki iki gün Ayperi ve Alphan hiç karşılaşmadı. Bu süreçte Ayperi bir yandan yoğun bir şekilde çalışırken bir yandan da gözü etrafta Alphan'ı aramaktaydı, onu hiç görememiş ve artık merak etmeye başlamıştı. Bir akşam hatır soran bir mesaj ile Alphan'ın telefonu öttü, alıp baktığında şaşırdı. İçini soğutmaya çalışıyorken ve bunu başaramıyorken bu mesaj daha da içini ısıttı. "Ne şimdi bu? Sana ne ki?" diye içinden geçirirken, "Acaba o da mı etkileniyor." Düşüncesi yine bir anda belirdi. Hemen kendini frenledi, "Saçmalama sevgilisi var. Ayıptır ayıp." Kibarca teşekkür etti ve iyi olduğunu söyledi fakat "Sen nasılsın?" diye, sormadı. Ertesi sabah şehirden uzaklaşacak, yoğun tempo başlamadan iki gün kafa dinleyecek, iç dünyasının bozulan ayarlarını yapacak ve bu işi kökten çözecekti.

Zaman, yavaş olsa da hızlı olsa da geçiyor bir türlü, gün geldi çattı o gün Ayperi gelecekti. O yokken hazırlıklar çok verimli geçmişti, işler kolaylamıştı, çekimi yapacak ekip, müşteri gayet memnundu. Alphan sistemi çok iyi bir biçimde kurmuştu, bu süreçte tamamen kendisini işe vermişti Ayperi ile hiç konuşmamışlardı. İçini bu sefer soğutmayı başarmıştı. Yola çıkıp çıkmadığından bile haberi yoktu, arada eli telefona gidiyor fakat kendine engel oluyordu ama kızmıyordu, bu gelecek olan Ayperi değil sıradan bir ekip arkadaşı olsa da bu merakı duyması gayet normaldi. Akşama kadar bu durum birkaç kez tekrarlandı. Başkasına da soramıyordu böyle bir huyu olmadığından şüphe çekebilirdi. Bu düşüncelerle, sahadaki işlerle gün geçti, akşam oldu. Otelin lobisine geldiler etrafında o gün ki işleri başarıyla tamamlamış ekip elemanları neşeli bir şekilde sohbet ediyordu. Alphan da onları dinliyordu. Derken dayanamadı, "Herkes merak eder," dedi, kendi kendine ve bir mesaj attı, "Neredesin? Her şey yolunda mı?" Mesajı yollar yollamaz acaba ne diyecek diye hemen cevap beklemeye başlamıştı, halbuki ne diyecekti ki buradayım şuradayım, ne saçma bir beklenti dedi, kendi kendine. Beş dakika geçmeden bir ses duydu, "Geldim buradayım". Sesi hemen tanıdı. Otelin giriş kapısına arkası dönük olduğundan geleni gideni göremiyordu. Sese, kafasını çevirene kadar Ayperi dibine kadar gelmişti. Alphan ayağa kalktı. Ayperi gülümsüyordu. Ardından gayet normal bir şeymiş gibi Alphan'a sarıldı. Bu öyle bir sarılmaydı ki sanki yıllardır görüşmemişler gibiydiler. Çok geçmeden, "Nasılsınız?" diye, sordu. Alphan'ın iki gün boyunca soğuttuğu içi yine bir anda ısındı fakat hiçbir şey olmamış gibi soğuk ve profesyonel bir tavırla, "Teşekkürler, iyiyim sen?" diye, yanıtladı. Ayperi şaşırdı sanki beş dakika önce o mesajı, bu adam değil de başkası atmıştı öyle hiç de merak etmiş biri gibi bir hali yoktu. Derken Alphan, Ayperi'yi bütün ekiple tanıştırdı. Ayperi ekibin yanına oturdu, onlarla sohbet etmeye başladı. Alphan'sa susuyordu, Ayperi'yi gizli gizli izliyordu. Ayperi'nin ona döneceğini hissettiğindeyse kafasını çeviriyordu. Ayperi de ona bakıyordu ara ara, fakat hiç göz göze gelmiyorlardı. Bir müddet sonra Alphan, "Anlaşılacak, en iyisi gitmek," diye, düşündü ve bunu istemese de aniden kalktı, herkese iyi geceler dedi, odasına çıktı.

Odalar ferahtı, eşyalarını içeri bıraktı. Hava ne soğuk ne de sıcaktı, böyle havaları severdi. İçini sakinleştirmek için odasının dışındaki masaya oturdu. Ege havası insanı daha da romantikleştiriyor. Sanki elini uzatsa denize değecekti. Bu esnada ayak sesleri gelmeye başladı, giderek yaklaşıyordu. O an odasına tekrar girmek istedi ama geç kalmıştı. Ayperi onu görünce bir an durdu, baktı ve "İyi misin? Bir durum mu var?" diye, sordu. Bu soruyu ve samimiyeti beklemeyen Alphan, biraz şaşırdı. Etrafında onunla, senli benli konuşan çok az insan olmasına rağmen, bu Alphan'ı nedense rahatsız etmedi, aksine hoşuna gitti. "İyiyim biraz yorgunum," diye, cevap verdi. Bir an durduktan sonra, iş hakkında onu güncelleyecek bilgileri verdi, ona yokluğunda olanları anlattı. Bir anda çenesi düşmüş, yelkenler suya inmişti, "Sonuçta aynı ekipteyiz, işi beraber yapacağız," diye, düşündü ve biraz olsun bu düşünce onu rahatlattı. Ayperi de, bir müddet sonra masaya oturdu. Biraz iş konuştular, sonra hayattan, insanlardan, dünyayı nasıl gördüklerinden konuştular, neşelendiler, hüzünlendiler. Muhabbet yağ gibi akıyordu. İkisi de kendilerini konuşmaya kaptırmıştı, ikisinin de içi oldukça huzurluydu. Ayperi için o ilk ekipçe yemek yedikleri Alphan âdeta geri gelmişti. Onunda da içi ısınmıştı. İçlerindeki sıcaklık git gide alevlenmeye başlıyordu. Sanki uzun yıllardır tanışıyorlar, birbirlerini çok iyi tanıyor gibiydiler. Bıraksalar, günlerce o masada kalıp sıkılmadan hatta zamanın nasıl geçtiğini fark etmeden sohbet edebilirlerdi. Ama gerçekler başkaydı, saat geç olmuştu ve sabah erken kalkacaklardı, ertesi gün yapılacak çok iş vardı, dinlenmek önemliydi. İstemeye istemeye birbirlerine iyi geceler dilediler. Alphan onu odasına girene dek bekledi. Ayperi sadece on adım kadar attı, odası Alphan'ın iki oda yanıydı. Ayperi odasına girmeden ona baktı ve gülümsedi, Alphan da karşılık verdi ve mutlu bir şekilde odasına girdi, hemen yatağa yattı, bu esnada hâlâ gülümsemeye devam ediyordu. Yatar yatmaz içindeki bay doğru konuşmaya başladı, sevgilisi olan birine karşı böyle hissetmek doğru mu? Sonuçta bir şey yapmamıştı, hisler bay doğruyu açıkçası çok dikkate almıyordu. Fakat yine de içi rahatsızdı. Gülümsemesi yüzünde donmuştu. Aralarında yaşanacakları hayal etmeye başladığı an içini büyük bir çabayla susturuyor parlak bakışları, çaresizlikle matlaşıyordu. Ayperi de aynı durumdaydı. O gece sabaha kadar uyuyamadılar, gece boyu birbirlerinin kapısını çok çalmak istemelerine rağmen cesaret edip de çalamadılar.

Buluşma saatinden kırk beş dakika önce Alphan elinde kahveyle bir önce ki gece o muhteşem anların yaşandığı masada tek başına oturmaktaydı. Hava zifiri karanlıktı. Gecenin en karanlık anı gündüz gelmeden hemen önce yaşanır. Çok geçmeden ufak ufak karanlık kırılmaya başlar. Bu anı izlemek sanki bir mucizeye tanık oluyor hissi yaşatır insana. Alphan bir yandan bunu ve birkaç saat önce o masada yaşananları düşünüyor, bir yandan da acaba uyandı mı? diye çaktırmadan ara ara Ayperi'nin odasına bakıyordu. Bu bakış anları son derece kısaydı. Ya bakarken yakalanırsa, büyük rezalet, hayır bunu düşünmek bile istemiyordu fakat kendisine de bakmamak için engel olamıyordu. Derken bir ses duydu. Bakışları gökyüzündeydi, dönmemek için kendini zor tuttu ve o güne kadar duyduğu en güzel "Günaydın" geldi kulağına, oradan yüreğine, oradan bütün bedenine, ruhuna. Yaz sıcağında esen bir anlık rüzgâr gibiydi, bu günaydının tınısı. Sese doğru döndüğünde sanki uykudan yeni kalkmış bir sincap ona gülümseyerek bakmaktaydı. Alphan'da gülümsedi ve karşılık verdi, "Günaydın." Bu an işte günlerin sıradanlığının kırıldığı an. Her günün birbirinin aynı olmadığını idrak ettiğin an, her gün doğan güneş, bugün bir başka doğdu daha ortada yok ama o gülüş, en az güneşin doğuşu kadar etkileyici, en az güneş kadar parlak, en az güneş kadar ısıtıcıydı.

Bu an ikisi de bir gıdım bile uyumamışken, saatlerce uyumuş gibi oldu. Gözleri birbirinin gözlerindeydi, sanki o an birbirlerinin içine bakıyorlardı. Arka fonda ise gece yerini gündüze bırakmaya başlamıştı. Gökyüzü, yeryüzünde daha önce görülmemiş mavi tonlarını her dakikada bir değiştirerek sergiliyordu. Kahveyi beraber içip o gün yapılacaklar üzerine konuştular, vakit ne yazık ki daralıyordu. Odalarına geri gidip, giyindiler ve çıktılar. Reklamın çekileceği yere onları götürecek şoför kapıda hazırdı. Sanki o kırmızı arabaya iki çocuk bindi. Sırayla sevdikleri şarkıları birbirlerine dinlettiler. İçleri sıcacıktı, yüzlerinde uyumamanın hiçbir emaresi yoktu. Şarkılar üzerine sohbet ederek yolun nasıl geçtiğini bile anlamadan, vardılar.

Asistanlar onları karşıladı, artık iş zamanıydı. Bütün gün yan yana çalıştılar, yemeği beraber yediler. Dışarıdan herkese sanki yıllardır beraber çalışan, muhteşem bir ekip olarak görünüyorlardı, onlar için de durum böyleydi fakat sahada daha ilk günleriydi. Konuşmadan birbirlerini anlıyorlardı. Bunun ilk günleri olduğuna kimse inanmadı. Kendileri için de durum böyleydi, tamam akılları ilk gün diyordu ama sanki onlar birbirlerini yüzyıllardır tanıyorlardı.

Çok başarılı bir ilk günün ardından tatlı bir yorgunlukla otele döndüler, akşam yemeğini beraber yediler. Sabahtan beri bir an olsun ayrı kalmamışlardı. İkisinin de gözlerinde uykuyla karışık bir gülümseme vardı. Çok az iş konuştular. İnsan uykulu olunca çok düşünemez, sarhoş gibi olur. Birbirlerine içindeki kapıları sonuna kadar açtılar. Hayattan, insanlardan, sanattan konuştular, bol bol güldüler. Toplumun ve etraflarında ki insanların onlara yüklediği bütün sıfatlardan arınmış iki insan olarak sohbet ettiler. İçlerinde hissettikleri duygu saf özgürlüktü. İletişimleri çorap söküğü gibi hiç çaba harcamadan ilerliyordu, sanki bir akarsuyun ahenkle akması gibi gürül gürül.

O akşam Alphan, defalarca dilinin ucuna gelmesine rağmen sevgilisi hakkında konuşmadı, hiçbir şey sormadı. Her şeyi bir kenara bırakmış. Sadece anın içinde olanlarla ilgileniyordu. Sadece o anı yaşamaya çalışıyordu. Ayperi için de durum böyleydi. Ara ara aklına gelen bu anın bozulmasına yol açacak her düşünceyi sanki taş atar gibi bir adım ötesinde bulunan denize atıyordu. Zamanın nasıl geçtiği hakkında hiçbir fikirleri yoktu. Etraflarında ekipten kimse kalmadığında saate bakma ihtiyacı hissettiler, epeyce geç olmuştu, kalkmalıydılar. Yukarı çıktılar biraz da Alphan'ın odasının dışındaki masada oturdular. Sonra istemeseler de ayrıldılar.

Alphan tam yattı, uyuyacak kapı çaldı. Perdeyi araladı, Ayperi kapıdaydı. Bir anda Alphan'ı saç telinden parmak ucuna kadar heyecan sardı. Hemen kapıyı açtı. Ayperi ondan vitamin istedi. Alphan derhal verdi ve Ayperi odasına geri döndü. Alphan bu kadar heyecanlandığı için kendisini suçlu hissetti, sonra boş verdi, sonuçta güzel muhabbet etmekte hiçbir mahsur yoktu. Olanları çok irdelemek, tanımlamak istemiyordu. Kendisini yaşananların bıraktığı duyguya bıraktı, yüzünde tebessümle uykuya daldı.

Ertesi sabah sanki programlanmış gibi aynı saatlerde bir önceki gün yaşananlar yaşandı. Dışarıdan bakan için her şey aynı gibi olsa da bundan öteydi, ruhları birbirlerine karşı daha yakın, daha sıcaktı. Gittiler çalıştılar, yine bir sorunsuz günün ardından, otele gelip yemeğe oturdular. Her geçen an ilişkileri gelişmekte, güzelleşmekteydi. O gün Ayperi odasına erken çıktı. Alphan biraz daha oturdu. Kendi kendine bir şeyler içti. Ayperi'den yaklaşık yarım saat sonra odasına çıktı, tam odasına girecekken ani bir karar ve cesaretle Ayperi'nin kapısını çaldı.

Uyumaya hazırlanan Ayperi kapıyı açtı, yüzünde bu durumu yadırgadığını belirten hiçbir ibare yoktu. Alphan konuşmaya başladı, "Seninle çalışmak, sohbet etmek, vakit geçirmek çok keyifli, hatta bu tam keyif de değil, nasıl söylenir bilmiyorum, bu duyguyu ifade edecek kelimeyi bulamıyorum. Öyle bir halin var ki; bir yanın toy, bir yanın bilge. Hakkında bazı sezgilerim var fakat yanılıyor olabilirim. Lütfen sadece dinle, bir şey söyleme, sonra gerekirse söylersin. Sana baktığımda bir sıkışmışlık hissediyorum, istemediğin şeyleri yaşıyor gibisin duygularını hapsetmiş gibisin. Seni tanıdığım için çok mutluyum. Sana bu sezgilerimi daha da açık söylemek isterdim ama beni durduran bir şey var. Lütfen sorma, eğer gerçekleşirse işte bunları sezmiştim derim. İyi uykular, tatlı rüyalar, " dedi, bir an için durdu, sanki ondan bir hareket bekler gibiydi. Saf bir şaşkınlıkla birbirlerine bakıyorlardı. Bu sırada Alphan'ın içindeki sıkıntı geri geldi, kendini kötü hissetti içinden ona sarılma isteği geçiyor ancak aklı bir an önce oradan ayrılması gerektiği konusunda durmadan ısrar ediyordu. Ayperi ise ne olduğunu anlamış gibi duruyordu. Alphan bir anda döndü birkaç adım attıktan sonra durdu kendini tutamadı, "Buradan gitmeden bir gece beraber uyuyalım, lütfen beni yanlış anlama, bu insani bir istek enerjiyle, ruhla ilgili. İçimden geldiği gibi söyledim, kusura bakma, seni rahatsız ettiysem," dedi ve arkasını döndü. Tam gidecekken Ayperi, "Anlıyorum, hissediyorum, merak etme yanlış anlamadım, söylediklerin için teşekkürler, sen değerli birisin, iyi geceler," dedi. Bunları söylerken son derece samimiydi. Alphan bir kez daha, iyi geceler diledi ve hiç duraksamadan hızlıca odasına döndü. Ayperi, yalnız kaldığında gülümsedi, "Bu neydi şimdi?" diye içinden geçirdi ve yavaşça odasına girdi.

Alphan odaya girer girmez, kendisini yatağa bıraktı. Yüzü gülüyordu. Aslında söylediklerini düşünmeye başlasa tepesinde duran kaynar su başından aşağı dökülecek, pişmanlıkla yanacaktı ama nedense düşünmedi işte. Bir an kendi kendine güldüğünü fark etti tam olarak ne yaşadığını anlamaya çalıştı içi bir anda döküldü, "Seni düşününce aptal aptal gülüyorum, sonra aptal aptal gülmemi fark edip buna gülüyorum. Farkında mısın bana yaptıklarının? Farkında mısın ne kadar güzel olduğunun? İlk kez bir insanın dişlerinden bu kadar etkilendim. Yarın görüşmesek de bugün için sana teşekkür ederim. Çok hızlı koşan bir yarış atı gibi en öne geçtin. Umarım güzelliklerin kuşattığı, muhteşem bir hayatın olur." Sanki yıllardır paslanmış duyguları bir anda pırıl pırıl olmuştu. O suratsız halinden eser yoktu. Daha önlerinde beş günleri vardı. Sonrası umurunda değildi. Daha önceden birçok kadından etkilenmişti. Fakat o an sanki geçmişinde bütün yaşadıklarını,

Ayperi hiçbir şey yapmadan sadece kendi varoluşuyla, üstelik daha aralarında hiçbir şey olmadan, alıp götürmüştü.

Güneş her gün daha da güzelleşerek gelmeye başlamıştı, Alphan için. Sabah yine aynı tabloya uyandılar, bir önceki akşam olanlara dair bir kelime bile konuşmadılar. Bugün bir mucize olacağından habersiz, işe gittiler. Muhabbetlerine neşe hâkimdi. Herkes onlarla çalışmaktan çok memnundu. İçlerinde birbirlerine karşı duydukları fakat hiç üstüne konuşulmamış sevgi, âdeta onların içinden dışarı taşıyor bütün ekibi sarıyordu. Hava hafif kapalıydı ama herkesin içi günlük güneşlik, kuş cıvıltılarıyla doluydu. Bu şekilde akşam oldu. Her geçen an onları üzüyordu. Ama bir yandan da daha zaman var deyip kendi kendilerini motive ediyorlardı. Bu konu da hiç konuşmasalar da düşünceleri aynıydı ancak henüz bunun farkında değillerdi.

O akşam da yemeği beraber yediler, Ayperi müsaade isteyip bir sonraki gün için ekibe bir konuşma yaptı ve sonra hiç vakit kaybetmeden Alphan'ın yanına geri geldi. Alphan biraz yürüyelim mi? diye, teklif etti. Ayperi hemen kabul etti. Sahilde yürüyüşe çıktılar. Sahil bitti, kumsal başladı, oradan yürümeye devam ettiler. Kumsalda bitti daha yaz tatili sezonu başlamadığından, etraflarında gökyüzünü kaplayan yıldızlar dışında kimsecikler yoktu. Sanki koca evrende baş başaydılar. İkisi de bugüne kadar hiç yaşamadıkları büyük bir huzurla yürüyorlardı ama konuştukları şeyler bununla ilgili değildi. İnsan, duygularını ne kadar içinde tutabilir ki? Geri dönerken Alphan, giderken gözüne çarpan sanki bir bankı andıran kaya parçasında oturmayı teklif etti. Ayperi yine hiç düşünmeden kabul etti.

Biraz gökyüzüne baktılar, sessizliği dinlediler. Bir müddet böyle kaldıktan sonra Alphan müzik açtı, "Bu bizim şarkımız olsun," dedi. Ayperi gülümseyerek, son derece huzurlu bir ses tonuyla,

"Tamam olsun," diye, karşılık verdi. Birbirlerine doğru müthiş bir hızla çekiliyorlardı. İkisi de artık bunun farkındaydı. Bu öyle bir çekimdi ki, ikisinin de düşünmesini engelliyordu. Artık içlerindeki sıcaklık sanki onların düşünme yetilerini eritiyordu. Alphan yavaşça kolunu Ayperi'nin omzuna attı. Ayperi ise başını Alphan'ın göğsüne yasladı. Hava ne soğuk ne sıcaktı, çok tatlı bir lodos vardı, içleri kıpır kıpırdı. Bir müddet böyle durdular. Sanki her şey durmuştu, ikisi de kendilerini çalan müzikle (Shape Of My Heart) daha da şiddetlenen enerjiye bırakmışlardı. Dünya ile birlikte uzay boşluğunda döndüklerini hissediyorlardı. Sanki izledikleri yıldızlar onlara el sallıyordu.

Alphan usulca Ayperi'ye döndü, Ayperi de ona göz göze geldiler. Dünyadaki en güzel gözlerdi birbirlerinin gözleri o an için. Işıklar fışkıran gözlerle birbirlerine gülümsediler. Alphan yavaşça yaklaşmaya başladı, Ayperi geri kaçmadı. İki dudak birleştiğinde sanki gökte şimşekler çaktı. Dalgalar bir anda sustu, deniz çarşaf gibi dümdüz oldu. Bir anda dünya üzerindeki kuşlar hep bir ağızdan öttü. Kulaklarında daha önce kimsenin bestelemediği muhteşem bir şarkı duyulmaya başladı.

Kısa bir süre sonra dudaklar ayrıldı, birbirlerine baktılar. Alphan'ın vicdanı hiç vakit kaybetmeden onunla konuşmaya başlamıştı. Alphan'ın bakışları değişti, kendisini inanılmaz derecede suçlu hissediyordu. Ayperi ise şaşkın şaşkın, sen ne yaptın der gibi ona bakmaktaydı. Alphan cılız ve suçlu bir sesle derhal özür diledi, "Çok özür dilerim, tutamadım kendimi, lütfen bu anı unutalım, yaşanmamış sayalım. Kusura bakma aptal kafam, engel olamadım kendime, ne olur unutalım bunu. Ne kadar da geri zekâlıyım ben," dedi. Aslında kendini gerçekten böyle hissetmesine rağmen, bunları söylerken bir yandan da merakla onun ne tepki vereceğini bekliyordu. Derken ayaklandı, "Hadi gidelim, bu yaşananlar da bu kayalıklarda kalsın," dedi ve onu beklemeden yürümeye başladı. Ayperi henüz hiçbir şey söylememişti, o da kalktı. Önden giden Alphan'a yetişti, onu durdurdu, etrafa baktı. Hafif bir panikle, "Ekipten kimse bizi görmedi değil mi?" diye, sordu. Alphan da etrafına baktı, "Yok, merak etme," dedi, Ayperi daha detaylı bir biçimde etrafına baktı ve Alphan'ı kendisine doğru çekip onu öptü. Bu öpüşmede de şimşekler çaktı. Az önce olanlar daha da güçlü bir şekilde tekrarlandı. Hafifçe dudakları birbirinden ayrıldı. Ayperi, "Sakın kendini suçlu hissetme, çok güzeldi. Aramızda kalsın, lütfen kimse bunu bilmesin. Biliyorsun, benim bir ilişkim var," dedi. Bu öpücük sanki Alphan'ın öpücüğüne karşı kendini kötü hissetme mesajıydı. Bir daha böyle bir şey yaşanmaması, bu olayın aralarında bir sır olarak kalması konusunda mutabık olup otele geri döndüler. Hiç vakit kaybetmeden odalarına çıktılar. İkisi de bu mucizevi öpüşmeyi düşünerek, ayrı odalarda fakat aynı yataktaymışçasına uyudular.

Ertesi gün, sanki aralarında bir şey olmamış gibi yine o masadalardı günün gelişini izliyorlardı. Hiç olanlar hakkında konuşmasalar da öpüşmenin tadı ruhlarından gitmemişti. O gün yapılacakların üzerinden geçtiler. Çıktılar, yine son derece neşeli bir şekilde arabada sevdikleri müzikleri dinleyerek sete vardılar. Müthiş uyumlu çalıştılar. Normalde zor denilebilecek işleri çok kolaymış gibi hallettiler. Otele döndüler, yemek yediler. Henüz bedenleri birleşmemiş olsa da duyguları, kalpleri, akılları birleşmişti.

Aralarındaki tek engel, Ayperi'nin koşullarıydı. Fakat Alphan, ona saygısından dolayı ikna yeteneği çok güçlü olsa da onu hiçbir şekilde manipüle etmek istemiyordu. Ayperi konuyu bizzat kendisi, ara ara açsa da bu konu üzerine fikir beyan ederek onu yönlendirmeyi asla istemiyordu. Bu durum açıkça ona saygı gösterdiğinin kanıtıydı. Bu saygısı kendi duygularını yaşamasına da engeldi fakat bu tavizi veremezdi. Bunu ilk kez, o akşamki yemekte gayet net bir şekilde belirtti. Ona ayrıl diyemezdi, böyle bir şey olacaksa buna Ayperi bizzat, hiçbir etki altında kalmadan hatta Alphan bile yokmuşçasına, tamamen özgür iradesiyle karar vermeliydi. Alphan bunları konuşurken bir yandan da insanoğlunun garantici yapısını bildiğinden, son derece temkinliydi. İnsan elindekini, garanti hissettiren bir kişiyi ya da durumu, genelde ona iyi gelecek, onu tazeleyecek, coşkulandıracak olsa bile bir yeniliğe değişmez çoğu zaman. Garanti olan güvenlidir. Yenilik riskli ve tehlikelidir. İnsan, bu gibi durumlarda önce kendini, sonra karşısındakini birçok kez kurban etmiştir. Hem rutinleri değişsin ister hem de bu değişim geldiğinde, ne olacak sorusunun getirdiği kaygılarla başa çıkmayı göze alamaz ve geri çekilir. Ayperi'nin, her ne kadar, tamam bu sadece bir öpüşmeydi demesine rağmen, yüzünden okunuyordu bu endişe. Zaten yapısı da bir miktar endişeliydi. Anksiyete çağın vebası.

Alphan bu işin sonunda kendisinin kurban edileceğinin her ne kadar farkında da olsa, bu masalı sonuna kadar yaşamak istiyordu. Sonuçta hissettikleri ve yaşananlar son derece gerçek ve saygı değer duygulardı. Her ne kadar mantıkları, "Durun artık sakın yapmayın," dese de, ikisi de birbirlerine son sürat çekilmeye devam ediyordu. Alphan, daha fazla o masada oturursa kendisine engel olamayıp ona sımsıkı sarılma hissini artık kontrol edemeyeceğini anladığında müsaade istedi ve kalktı. Ayperi, "Ama daha erken, otur," dedi, Alphan yorgunum yalanıyla oradan ayrıldı. Halbuki, hiç yorulmadan 10 km koşacak enerjiyi içinde tutmakla meşguldü.

Hemen odasına çıktı, bir şeyler izleyerek kafasını dağıtmaya içini soğutmaya çalıştı, beceremedi. Aksine daha da hüzünlendi. Yarım saat geçmeden kapısı çaldı. Ayperi bütün güzelliğiyle karşısında duruyordu. Yüzünde hüzün vardı ve son derece gerçekti,

"Gelebilir miyim?" diye, sordu. Alphan bir şey söylemeden kafa salladı ve nazikçe onu içeri buyur etti. Bir müddet sessizce oturdular. Ayperi sessizliği bozdu onun da başından beri kendisinden etkilendiğini ve hayatında ilk kez böyle bir şey yaşadığını söyledi. Alphan'ın asla üzülmesini istemiyordu. Alphan da bütün tecrübesine, yaşına rağmen yetersiz kaldı bu durum karşısında. Çünkü o da ilk kez böyle bir durumla karşı karşıyaydı. İkisi de bu etkinin adını koymayı her ne kadar kendi içlerinde irdeleseler de bunun hakkında konuşmak istemiyorlardı. Ayperi de kendisine engel olamıyordu. Ortasından çatlayacak gibiydi. Müsaade istedi, Alphan yine sessizce kafa salladı. İkisi de biliyordu ki bu konuşma biraz daha uzasa gözyaşları devreye girecekti. İkisinin de burun direkleri sızlıyordu. Ayperi sessizce odayı terk etti. Alphan kendi kendine düşündü. O an ağlayamayacak kadar duygusaldı. Tek başına öylece oturdu. Hava sanki buz gibi olmuştu. Halbuki o gün hava sıcaktı.

Bu şekilde bir saate yakın bir süre geçti. Derken kapı çaldı, gelen yine Ayperi'ydi. Alphan, bir şey mi oldu acaba diye yüzüne bakarken, Ayperi, "Bir şey unuttum dedi ve içeri girdi. Alphan etrafa bakındı ve sordu: "Ne unut..." soruyu tamamlayamadan Ayperi onun dudaklarına yapıştı. Gözlerini kapadıklarında hızlıca dünyadan sanki bir başka gezegene gittiler. Öpüşme bittiğinde ise geri geldiler. Ayperi gülümsüyordu. Alphan'ın şaşkınlığı hâlâ yüzündeydi ama o da gülümsüyordu. Ayperi:"İyi geceler" dedi ve gitti. Alphan bıraksalar kahkahalara boğulacaktı. Öyle kocaman bir gülümseme vardı ki yüzünde, hiç yalansız. Uzun zamandır böyle gülümsememişti.

O günden sonra her fırsatta insanların onları görmediğinden emin oldukları her yerde, deliler gibi öpüştüler. İkisi de bu yakınlığı daha da ileriye taşımak istemelerine rağmen hiçbir şey yapmadılar. Öpüşmek ne kadar da güzeldi. Konuşmak, her konuda konuşmak, dertleşmek, gülmek eğlenmek, birlikte çalışmak. Her anları çok güzel ve özeldi. Birileri yanlarındayken birbirlerine çaktırmadan bakışmaları, hadi artık bunlar gitsin de özgürce öpüşelim edaları. Rüyalarda bile böyle sahneler yaşanmamıştı. Fakat zaman onların aleyhine işlemekteydi.

Son iş gününde ikisi de çok durgundu. Alphan öyle bir haldeydi ki sanki ucu bucağı olmayan içine hiç ışık girmeyen bir mağaraya kendini kapatmış, gözünün feri sönmüş, bir senedir saçını sakalını tıraş etmemiş birinin enerjisine bürünmüştü sanki. Ara ara Ayperi'ye bakıyor, göz göze geliyorlardı. İkisi de ağlamamak için birbirlerinden gözlerini kaçırıyorlardı. Ayperi dışarıdan biraz daha güçlü gözüküyordu. Ne olur bunu yapma, dayanamıyorum der gibi boynunu büküyor, onu konuşmadan motive etmeye çalışıyordu. Alphan'ın tersini bilenler, bu durumu oraya yoruyorlardı. O yüzden kimsenin dikkatini çekmiyordu. Sadece durmadan onu iyi hissettirmek için çaylar, kahveler, kekler, bisküviler getiriyorlardı. Terslenmek endişesiyle kimse ona halini, hatırını soramıyordu. O gün de böyle geçti. Bir ara baş başa kaldılar ve Ayperi, "Ne olur böyle yapma, ben de zor ayakta duruyorum, bir gecemiz daha var. Ekip akşamdan ve yarın sabahtan yola çıkacak, biz yarın akşam çıkarız, herkes gitmiş olur. Daha vaktimiz var, lütfen güzel değerlendirelim," dedi. Çok doğru söylemesine rağmen Alphan'ın acısı dinmedi fakat o, yine de hafif buruk bir tebessümle kafa salladı.

O akşam, işi olabilecek en iyi şekilde bitirmenin coşkusu sarmıştı bütün herkesi, kutlama vardı. Ertesi gün iş olmaması sebebiyle, içkiler açılmış, neşeli olma hali her yanı sarmıştı. Bu durumdan onlar da nasiplerini alıp içtiler. Alphan, Ayperi'ye, çaktırmadan, "Ben gidiyorum, gelince kapıyı çal," diyerek, önden odaya çıktı. Ayperi onayladı. Alphan herkesle tek tek vedalaştı, emeklerinden, özenlerinden dolayı teşekkür etti ve çıktı.

On beş dakika sonra kapı çaldı. Ayperi, odaya girip kapıyı kapattıktan hemen sonra öpüşmeye başladılar. Onları o an biri görse, bunlar on yıldır birbirleriyle öpüşmemiş derdi. Yatağa yattılar. Neredeyse öpüşmekten nefessiz kalacaklar oracıkta boğulup ölecek gibiydiler. Alphan'ın kafasına düşünceler üşüşmeye başlamıştı. Kendini geri çekti ve "Alkollüyken seninle sevişmek istemiyorum, bu sana hakaret olur," dedi. O an geçmişte yaşadığı, adını bile hatırlamadığı kadınlarla sarhoş halde sevişmeleri aklına gelmişti, Ayperi ile onları aynı kefeye koyamazdı, bu durumdan hoşnut değildi. Ayperi ile ilk sevişmeleri böyle olmamalıydı. Ayperi gülümsedi, "Büyük konuşma, deveden büyük fil var," dedi, Alphan bu söz karşısında kahkahayla gülmeye başladı bir an sonra Ayperi de güldü, bir yandan kahkahalarla gülüyor bir yandan da "Neden gülüyorsun," diye, soruyordu. Gülmeleri geçtiğinde Alphan, ona olan saygısından dolayı böyle dediğini söyledi. Biraz daha öpüştüler sonra odalarına çekildiler.

Ertesi gün kalktıklarında neredeyse öğlen oluyordu. Alphan hemen odanın önüne çıktı. Hava muhteşemdi, güneş ne yakıyor ne de üşütüyordu. Her yer pırıl pırıldı. Ekibin tümü otelden ayrılmıştı, tek kalan onları İstanbul'a götürecek şofördü, ona da önceden geç çıkacaklarını bildirmişlerdi. Derin bir nefes aldı, gerindi. Kendini son derece özgür hissetti. Hemen Ayperi'nin odasına gitti. Hafif aralık perdeden gözüktüğü üzere kendisi horul horul uyumaktaydı. Gülümsedi ve son sürat kapıyı çalmaya başladı. Ayperi oflayarak uyandı. Alphan onun ne kadar şirin olduğunu düşündü gözler daha açılmamış, saçlar darmadağın, hafif akşamdan kalmalık da var bir yandan, bir de bu haliyle gülümsemeye çalışıyor yorgun sincap. Alphan, gülerek ona sarıldı, öptü. Birkaç gün önce kapısını çalıp beraber uyumak isteğini gerçekleştirmek için yatağa girdiler. Biraz daha öpüştüler, sarılıp öylece bir yarım saat kadar kestirdiler. Zaman çok feci hızlanmış, sanki artık onları ayırmak istiyordu. Uyandılar, birbirlerine baktılar. Bu an, mutluluk, huzur, sevgi, hüzün iç içe geçmişti. Ayrılığın müziği çalmaya başlamıştı. Ses her ne kadar uzaktan gelse de, vakit geçtikçe yaklaşmaktaydı.

Son dakikaya kadar bu anın tadını çıkardılar, sevişmediler. Ama buraya kadar olanlar bile hayatında yaşadıkları bütün sevişmeleri çoktan sollamıştı. Ruhlarında çeşitli resitaller çalmıştı. Ayperi, üzgün bir şekilde bu anı bozdu, "Ne yazık ki artık bavulları toplamalıyız," dedi. Alphan cevap verdi, "Haklısın." İstemeye istemeye kalktılar, dokunsalar ağlayacaklardı. İkisi de o an, zorla uyandırılmaya çalışılan bir çocuktu sanki. Son hız toparlandılar ki biraz daha zaman kazansınlar. Şoföre verdikleri saati, bir saat daha ileri attılar. Ama her şeye rağmen vakit geldi, artık gitmeleri gerekiyordu. Bir yandan da öpüşmeye devam ediyorlardı. Öpüşüyorlar, duruyorlar, bir daha öpüşüyorlar, sanki bir boks maçı gibi aralarda dinleniyorlar sonra yine ama artık bunlar son öpüşmelerdi.

O bavulu çekerken çıkan tekerlek sesi, bir anda ayrılığın sesi olmuştu. Son kez yaşananlara ve birbirlerine baktılar, hiç konuşmadılar, yüzlerinde buruk bir gülümsemeyle yavaş yavaş aşağı indiler. Arabaya bindiklerinde bir an için toparlandılar. Alphan müzik açtı, yola çıktılar. Yolda son sözünü mesajla söyledi Ayperi, "Kimsenin görmediği, bilmediği, kendime sakladığım en güzel şeysin. Benliğimi hatırlattın, yalnızlığımı hatırlattın, nefes oldun, daha güçlü hissediyorum. Güzel kalbin için, yanımda olmaya çalıştığın için, anlatamadığım ama hissettiğini düşündüğüm her şey için çok teşekkür ederim. Yarın ne olacak ben de hiç bilmiyorum. Bu kadar önümü göremediğim bir dönem hiç olmamıştı. Ama dediğin gibi yaşayacağım. Bekleyeceğim, göreceğim. Uzaklardan gülen bir çift göz olacağım ama hep, unutma. Güzel bir masaldı."

Yol boyunca iki çocuk gibi her fırsatta, birbirlerine bulaştılar, gülüştüler, çaktırmadan el ele tutuştular. Şoför arabadan her indiğinde, dışarıdan gözükmesin diye eğilip, gizli gizli öpüştüler. Bu an sanırım dünya da hiç yaşanmamıştır. Normalde şehirlerarası araba ile yolculukta insan bir yere varmaya odaklandığından zaman çok yavaş geçer fakat bu yolculuk sanki beş dakika gibi geçmişti. Hiç yaşamak istemedikleri an gerçekleşiyordu. Saniyeler sonra Ayperi arabadan inecekti ve gözden kaybolacaktı. Bu an yaşanırken sanki cenaze marşı çalıyordu. Derken arabadan indi. Evine girene kadarki sürede hiç istemedikleri o ayrılık resmen yaşanıyordu. Bakışları son ana kadar kopmadı. Artık kaçtıkları gerçeklikler, onlarlaydı. Akılları onları durduramamıştı, fakat artık devreye hayat girmişti, sanki elinde bir kılıçla bakışlarının ortasına vurdu. İkisinin de gözlerindeki parlaklığı onlardan aldı. İnsanın içinin acıması böyle bir şeydi.

Ayperi'yi bıraktıktan sonra Alphan'a yol sanki Bodrum'dan dönüşten daha uzun gelmişti, sanki araba gitmiyordu. Kafasında şimdi ne olacak sorusu dönüp duruyor, şoför bir şey anlamasın diye neşeli olmaya çalışıyordu. Arabadan inip şoförle iletişimi kesilir kesilmez yüzü beton gibi oldu. Bakalım neler olacak dedi, kendi kendine, aslında böyle bir şey yaşadığı için müteşekkirdi. İnsanlar istese de bunu yaşayamıyor. Hisleri çok karışıktı, bir yandan ne kadar da gerçek, hiç çaba harcamadan yakalanan muhteşem uyum, sohbetler, öpüşmeler, bir yandan da şimdi ne olacak sorusunun getirdiği belirsizliğin gerilimi, aynı anda bütün şiddetiyle içinde yankılanıyordu. Bir an durdu tıkandığında yaşama bırak kendini, izle bakalım hayatı, neler olacak, yaşa ve gör, dedi kendi kendine. Düşünce, hissiyat, bilgi, tecrübe olanları açıklamaya yetmiyordu. Bu şekilde evine geldi. Sessizliğin içinde kahkahalar ve çığlıklar aynı anda duyuluyordu. Daha şimdiden bütün hücreleri özlemle doluydu. Her akşam gördüğü Ayperi bir anda yok olmuştu. Ne tuhaf, insan güzel anların biteceğini düşünmüyor hiç ama bitiyor. Hem de öyle bir bitiyor ki. Bu ruh haliyle yarın nasıl bir güne uyanacağını bilmeden, yarı sevinç yarı hüzünle uyuya kaldı.

Ertesi sabah ikisi de yalnız uyandı. O an birbirlerini ne kadar özlediklerini anladılar. Alphan durumdan dolayı onu çok istemesine rağmen arayamıyordu. Ya erkek arkadaşı yanındaysa? Olmaz, onu kötü duruma düşürme ihtimali bile içini yakıyordu. Derken Ayperi aradı, Alphan heyecanla telefonu açtı. Sanki aralarında bir şey yokmuşçasına, sıradan kelimelerle konuştular, birbirlerinin hatırını sordular. Fakat enerji böyle değildi, birbirlerine hâlâ süratle çekiliyorlardı. Alphan iş dışında artık görüşmemeleri gerektiğini savunuyor, Ayperi ise karşı çıkarak arkadaş kalabileceklerini söylüyordu. Fakat zaman Alphan'ı doğrulayacaktı. Bu arkadaşlıktan, dostluktan, sevgililikten öte, adı henüz konmamış bir ilişkiyi, sadece bir sıfata büründürmek, o enerjiyi âdeta hapse atmak olacaktı. Bu ilişkinin adı olsa olsa Ayperi ve Alphan olurdu ya da iletişim kesilirdi, ya siyah ya beyaz, Ara renkler bulma konusunda uzman olan Alphan bile tıkanmıştı. Birkaç gün böyle geçmişti. İkisi de şehir dışında çalıştıklarından dolayı bir müddet ofise gitmediler.

Zaman bu kez ikisinin de içini soğutmamış aksine daha da alevlendirmişti. Zaman geçtikçe azalması gereken çekim, güçlenerek devam ediyordu. Çekilen reklam filmi yayınlanmaya hazırdı ve bu büyük kampanya, ihtişamlı bir etkinlikle görücüye çıkacaktı. İş dünyası ve reklam camiası bir araya gelecek, reklam filmini izleyecek, üzerine konuşmalar yapılacak, sonunda da ihtişamlı bir parti ile kutlanacaktı. O gün isteseler de istemeseler de bir araya gelmek zorundalardı. O gece gökyüzünden yeryüzüne inen masal perileri, her ne kadar onlar dâhil kimse fark etmese de orada onları izliyordu.

Gece profesyonellikle bitti. Yapılan iş herkesten olur almıştı.

Geceyi iyi idare etmişler, etkinlik içinde çok yan yana gelmemeye gayret göstermişlerdi, sonunda ikisi de kendi evlerine dönmek üzere yola çıktılar. Alphan eve vardığında günün yorgunluğu, başarmanın gururu ve yanı başında olmasına rağmen Ayperi'ye sarılamamanın burukluğu ile uyumaya hazırlanırken, telefon çaldı. Arayan Ayperi'ydi, hemen açtı. Ayperi gecenin ne kadar güzel olduğunu anlattı. Alphan, "Vardın mı evine?" diye, sordu. Ayperi henüz yoldaydı. Alphan'ın ağzından, "Gelsene buraya" cümlesi dökülüverdi. Ayperi bir saniye bile beklemeden, "Tamam, konum at," dedi. Bütün evi heyecan sarmıştı. O gece beraber uyuyabilirlerdi. Ayperi çok geçmeden geldi. Yıllardır çalan aynı zil, halbuki ne kadar da güzelmiş. İkisi de çok heyecanlıydılar, sarıldılar. O an dünyanın dört bir yanında şimşekler çaktı gök gürledi, birbirlerine söz vermişlerdi, artık öpüşmek yoktu. Biten bir rüya o an yeniden başlamış gibi olsa da birbirlerine saygılarından ikisi de bütün çekime rağmen, dünyanın en zor şeyi bile olsa sadece sarılarak durdular, sanki asırlardır görüşmüyorlarmış gibi sımsıkı sarıldılar, bir müddet öylece kaldılar. Sarıldıklarında sanki kalpleri birbirine değiyordu, ikisi de birbirlerinin kalp atışlarını kendi kalplerinde hissediyorlardı. Ona sadece sarılmak bile bugüne kadar hayatından geçen bütün kadınlarla sevişmekten daha iyi bir duygu veriyordu. Haddinden fazla süren bu sarılma bir şekilde sonlanmalıydı. Birbirlerinin gözlerinin içine kenetlenerek kaldılar. Bir müddet sonra girdikleri bu sokağın çıkmaz sokak olduğunu çok iyi bildiklerinden var güçleriyle sonuna kadar frene bastılar. İçeri geçtiler, gecenin nasıl geçtiğini konuşmaya başladılar. Aslında söylenecek çok başka şeyler varken, birbirlerine içlerinden bağıra bağıra seni seviyorum derken, bu sıradan konuşmaları yaptılar. Ertesi gün iş yoktu. Yorgundular, Alphan çok ısrar etti, Ayperi'ye zorla kendi yatağını verdi. Kendisi ise misafir odasında uyumaya gitti. İkisinin de içleri alev alevdi. Fakat Alphan'ın ona saygısı, onun hayatını altüst etme ihtimali, kendi duygularını şiddetle susturmasını emrediyordu. Alphan'ın da Ayperi'nin de içinde durmak ve harekete geçmek arasında büyük bir savaş kopuyordu. Dışarıdan ise her şey normalmiş gibi gözüküyordu. Özellikle Ayperi içinde bulunduğu koşullar ve elâlem bunu duyarsa ne der, bu açığa çıkarsa ben ne yaparım düşünceleriyle boğuşmaktan bir türlü duygularını dışa vuramıyordu. Fakat bastırmaya çalıştığı bütün bu duygular âdeta gözlerinden fışkırıyordu.

İkisi de kendilerini âdeta bulundukları odalara kilitleyip, anahtarı camdan atmış gibiydi. Bu şekilde yarım yamalak uykuyla sabah oldu. İlk uyanan her zamanki gibi Alphan oldu, Ayperi'yi uyandırmaya gitti ama o âdeta bir peri gibi uyuyordu. Bu anı bozmak istemedi, onu uyandırmaya kıyamadı. Kendini de tutamadı, sessizce yanına uzandı. Sırtı dönük Ayperi çok geçmeden ona döndü. Uykulu ve gülümseyen gözleri Alphan'a kilitlendi. Aralarında ki uzaklık beş santim kadardı. Birbirlerine bakan gözleri özgürce gülümsüyordu. Ayperi bu durumu bozdu. Yavaş yavaş yaklaştı, derin bir nefes aldı, gözlerini yumdu ve Alphan'ı öptü. O an ikisinin de günlerdir görüşmeyen çöle dönüşmüş içleri bir anda yeşillendi, çiçeklerle kaplandı. Bu saatten sonra geri dönüş yoktu. Sanki bir tören başlamıştı. İkisinin de birbirlerine hareketleri son derece nazik ve özenliydi. O an sanki dünyada değil de uzay boşluğunda salınıyorlardı, yer çekimi ortadan kalkmış gibiydi. Üzerlerindeki her düşünceyi ve kıyafeti çıkardılar. Çırılçıplak kaldılar, bütün frenledikleri duyguları serbest bıraktılar. Sarıldılar, sanki ruhları birbirine değiyordu. Böylesine bir enerjiyi ikisi de daha önce hiç yaşamamıştı. O gün Alphan'ın içi Ayperi'yle doldu; Ayperi'nin içi de Alphan'la. Akşama kadar böyle kaldılar. Hiç uyanmak istemedikleri muhteşem bir rüyadaydılar. İsimlerini bile unutmuşlardı.

İki enerji en temiz haliyle o gün defalarca birleşmişti.

Hava kararmaya başladığında Ayperi, "Artık gitmeliyim," diyerek, bu rüyayı noktaladı. Yüzünde pişmanlık ve vicdan azabı vardı. Her ne kadar o, bu duygularını belli edip Alphan'ı kırmak istemese de kendini bu kadar tutabiliyordu. Alphan ise bu duruma sessiz kalamazdı. Sorduğunda, Ayperi her ne kadar "Yok bir şey," dese de Alphan ısrarları ile onu çözdü. Ayperi hayatının en büyük vicdan azabıyla acılar içinde kıvranıyordu. Bu durum Alphan'ın içine hiç sinmedi ve "Artık görüşmeyelim, seni bu halde görmek çok acı," dedi. Ayperi'nin bu söz hiç hoşuna gitmiyordu, hâlâ arkadaş kalmak istiyordu fakat bu kadar yoğun duygularla arkadaş kalma fikrine Alphan bir türlü alışamıyordu. Ona yapacağı en büyük iyilik kendi duygularını gömerek Ayperi'nin üzülmesini engellemekti. Sonuçta Alphan'ın onunla olmak için hiçbir engeli yoktu. "Biz sadece iş arkadaşı olabiliriz," dedi, Alphan. Ayperi giderken ikisinin de burnunun direkleri sızlıyordu.

Yine Alphan kendisiyle baş başaydı. Hayatından çok kadın gelip geçmişti. Bir anda hepsi kafasına üşüştü. Eski ayrılıklarını düşündü çoğunda sanki cümleden bağlaç olan "-de" çıkmış ve anlam değişmemişti. Tek zorluk alışkanlıklardı. Düzen bozulunca insan homurdanıyor bunun sebebi genelde alışkanlıkların bozulması. İlişkiyi iki kişinin birleşmesinden oluşan yeni bir insan gibi görürsek, kastım çocuk yapmak değil. Her tür ilişkide böyle, beden yok ama karakter var. Sanki ortaya bir ruh çıkıveriyor; biraz sen biraz da karşındaki, iki ayrı tadın bir araya gelmesiyle oluşan bambaşka bir lezzet. Bu ruh zamanla ilgisizlikten, ondan bundan gidiyor, buharlaşıyor, aslında kişileri de uyarıyor sakince, ciddiye alınmıyor genelde ve puf. Sonrası yorucu, sanki bir ölüyü ayakta tutmaya çalışmak gibi. Gömüleceğine iki taraf da çırpınıyor felaket bir biçimde enerji harcanıyor ki ayakta kalsın. Sonra anlıyorlar ki ölmüş. Gömülüyor duası okunuyor bitiyor. Gözlerde yaş.

Peki ya hâlâ yaşıyorsa? İşte bu tek kişi tarafından yapılacak bir şey değil. İki kişi içinde yaşıyorsa o zaman çok acayip, bir de bu haldeyken bitiyorsa ki genelde bu bitişler dışarıdan aldığımız detaysız düşünülmemiş kalıp bilgiler, yani şartlanmalar yüzünden oluyor. İşte o zaman sanki birini diri diri gömüyorlarmış gibi oluyor. Hiçbir şey yapamadan hiç hareket edemeden, sanki karabasan bütün gücüyle üstüne çökmüş, bunu izliyorsun. Etrafta hiç ses olmasa bile kulağına kalp dağlayan çığlıklar geliyor, sanki her yer kan oluyor. Bu tarif edilmez bir acı ve sonuç, dağlanmış iki yürek ayrı yerlerde yaşamaya çalışıyor. Ayperi gittiğinde işte böyle olmuştu. Ayrılık üzerine yazılmış bütün şarkılar onların ayrılığı karşısında hafif kalmıştı.

Hafta sonu olması sebebiyle, iş yerine gidemeyen, kafasını nasıl dağıtacağını bilmeyen Alphan, müthiş aksi bir şekilde uyandı. Kahvesini içti, film izlemeyi denedi, kitap okumayı denedi, kendini zorlayarak spora gitti, hiçbiri içini dindiremedi, olmadı. Bir yandan kendi kendine kalmak istiyordu, kimseyle bu haldeyken görüşmek istemiyordu, bir yandan da içi içine sığmıyordu, deliler gibi koşmak istiyordu. Kafasını dağıtmak için arayabileceklerini düşündü, hemen vazgeçti. Spordan sonra evine döndü. Sanki filmlerdeki gibi dört duvar yavaş yavaş daralarak üzerine geliyordu. Zaman bir türlü geçmek bilmiyordu. Hava kararmaya başlamıştı. İş olsa, yoğunluktan günün nasıl geçtiğini bile anlamazdı. Bu durumda, iş zamana kalmıştı, Zaman her şeyin ilacı misaliydi ama bir türlü geçmek bilmiyordu. İçi, uzun zamandır bu kadar sıkılmamıştı. Derken telefon çaldı. Arayan Ayperi'ydi, hemen açtı. Acaba kötü bir şey mi oldu? Görüşmeme kararı almışlardı. Merakla Ayperi'ye hatırını sordu. Her şey gayet normaldi. Ayperi kahve içmek için buluşmak istedi, Alphan sevinçle, ne olacağını hiç düşünmeden, hemen kabul etti.

Kuytu, çok insan olmayan semtlerden birini tercih ettiler. Biri onları görse de aslında bir problem olmazdı, sonuçta iş arkadaşıydılar ama yine de tedbirli olmak lazımdı. Kahvelerini yudumlarken olanları konuştular. Ayperi bu konuyu konuşacak başka kimsesi olmadığından özür dileyerek, vicdan azabından sevgilisinin yüzüne bakamadığını, onun anlamaması için harcadığı büyük çabayı anlattı. Yaşananlar çok güzeldi, fakat sonrasında Ayperi'nin içine cehennem ateşi düşmüş, onu yakıyor, bir türlü de sönmek bilmiyordu. Alphan ise ona saygısından, bunu çok istese de "Ayrıl o zaman" diyemiyordu. O da kendi duygularını Ayperi'yle paylaştı, yaşananların gerçekliğinden ve bunun kimseyle ilgisi olmadığından, zaman içinde katılaşan içinin nasıl çözüldüğünü anlattı. Onun kendisine yaşattıkları sayesinde ruhuna geri gelen sevginin bütün insanları sevmesine yol açtığından, insanlara karşı kırgınlıklarının bir anda silindiğinden bahsetti. Ayperi'nin de ilginç bir şekilde bu konuşmayla içi biraz rahatlamıştı, yüzü gülüyordu, dişleri görünüyordu, sincap geri gelmişti.

Kahve içmeye oturan iki karamsar, kahve bittiğinde yağmurdan sonra çıkan gökkuşağı gibi göz alıcı hale gelmişti. Coşkuyla oradan kalktılar. Her zaman gitmedikleri semtin arka sokaklarına daldılar, ikisi de yürümüyor, sanki çocuklar gibi sekiyorlardı. Arka sokaklarda kimseler yoktu. Oraları gezerken ele ele tutuştular. O sıradan sokakları aşk ile tanıştırdılar. Rüya yine başlamıştı. Sanki bir ormanda baş başa yürüyorlar, onların geçtiğini gören hayvanlar ağaçların arasından çıkıp, gülümseyerek onlara bakıyordu. İlişkileri her buluşmalarında tükeneceğine daha da büyüyor, uyumları daha da artıyor, ruhları bir birlerine daha çok yaklaşıyordu. Sohbetleri, geçirdikleri her saniye, hiçbir şeyle kıyaslanamayacak kadar güzeldi. Alphan, "Herhangi bir kadınla sevişeceğime, seninle kahve içmeyi yeğlerim," diye geçirdi içinden. Sıradan sokaklar, onların enerjisiyle panayır alanına dönüşmüştü. Fakat yine ayrılık vakti geldi. Bir daha görüşmek ya da görüşmemek üzerine konuşmadılar, çünkü onlarda ne olacağını bilmiyorlardı. Sadece kendilerini bir araya geldiklerinde oluşan enerjiye bırakıyorlardı. Sanki her buluşmada bir rüyaya dalıyorlar, bittiğinde ise uyanıyorlardı.

Bir sonraki buluşmaları, Ayperi'nin Alphan'ı evine davet etmesi vasıtasıyla gerçekleşti, Alphan iki gece orada kaldı. Bu bir nevi bir sınavdı. İlk gün muhteşem sohbet edip film izlemek dışında hiçbir şey yaşanmadı. Ayrı yataklarda huzurla uyudular. Alphan, "Tam Ayperi, bu işi kafasında bitirdi," derken, ikinci gün yine dayanamadılar ve defalarca seviştiler. Harikulade anlardan sonra Ayperi'nin vicdan azabı, hiç vakit kaybetmeden geri geliyordu. Onun çektiği acı Alphan'ı da yakıyordu. Sevdiğin bir insanı bu halde görmek ne kadar büyük bir acıydı, bir de bu azaba senin sebep olduğunu düşünmek. Bir yandan da ilginç bir şekilde Ayperi'nin sevgilisini hiç kıskanmıyordu. Bunu kendine dürüstçe sorduğunda bile, sonuçta Ayperi ondan ayrılmıyor, demek ki iyi bir insan deyip, ona saygı bile duyuyordu. Ayperi yakın zamanda aynı evde yaşamaya başlayacaklarından söz etti, nasıl olacak dedi. "Yüzüne her baktığımda vicdanım içimi oyuyor gibi oluyor. Her an dilimin ucunda, ona söylemek istemiyorum, nasıl da üzülür," diyordu. Gözlerinden yaşlar süzülüyordu. Alphan'a sık sık, "Sakın yanlış anlama bunları konuşacak kimsem yok," diyordu. "İkiye bölündüm sanki ikinizi de çok seviyorum. Bu nasıl olabilir?" diyordu. Alphan bunları duyduğuna şaşkındı. "Lütfen sadece kendi duygularını düşün, biraz onları dinle, bakalım sana ne diyecekler, bir de buradan bak lütfen. Ne beni, ne onu sadece kendi duygularını dinle," dedi. Aksi halde Ayperi'yi iyi hissettirmek için aklına gelen tek çözüm, onun hayatından tamamen çıkmaktı. Bunu söylediğinde Ayperi yine arkadaş kalmak konusunda ısrar ediyor, ancak Alphan da "Bunu yapamam, beceremem," diyordu. Yine bir daha sevişmeme, hatta görüşmeme kararı aldılar. Alphan, zaten işler için bir haftalığına şehir dışına gidecekti. Bu zaman zarfında kendilerini toparlayabilirlerdi. "Aramayalım bile birbirimizi," dediler ve yine iki buruk kalp olarak hayatın içine karıştılar.

Sadece üç gün dayanabildiler. Alphan, Ayperi'yi zora sokmamak için onu aramamaya alışmıştı fakat her an kafasında dişlerini göstererek gülümseyen Ayperi vardı. Bu üç gün boyunca Alphan kendi duygularını dengelemek için çözümler arıyordu. Onun, orada sevgilisiyle olması ve Alphan'ın öylece durması, bu çok ilginçti. Sanki bir kadına sadece bakması bile, Ayperi'yi aldatıyormuş gibi hissettiriyordu. Bu durum canını sıktı, sonuçta bekâr bir adamdı, bir de zaten ayrılmışlardı. Bugün seni düşünürken anlamadım kendimi. Birçok duygu üşüştü içime. Bir yandan kızgınlık bir yandan sarılma isteği bir yandan özgürlük bir yandan tutsaklık bir yandan ferahlık bir yandan karanlık. Büyük bir kırgınlık var içimde, birde büyük bir üzüntü; bunlar çok baskın hepsinin arasında ve nedenlerini gerçekten bilmiyorum. Gözlerim doldu sadece, içimde tüm bunlar olurken ve yine düşemedi bir damla. İçim içime sığmıyor. Seni görmek istemiyorum. Bu ne kadar sürer bilmiyorum.

O gece, iş sonrası dışarı çıktı. Dünya güzeli her erkeğin dönüp bakacağı, gözünü alamayacağı bir kadın, uzaktan gülümseyerek ona bakmaktaydı, Alphan bunu fark etti. O gece, hayatına devam etmek adına onunla yattı ama olmadı, Ayperi ile yaşadığının yüzde birini bile yaşayamamıştı. Onu düşünmemek için büyük bir çaba harcıyordu. Karşısında olan biten hiçbir şeyden haberi olmayan kadın ise halinden memnun görünüyordu. Geceyi birlikte geçirdiler. Ertesi gün bunu sanki hissetmiş gibi Ayperi aradı, Alphan'a hatırını sordu, Alphan ise gayet açıkça olan biten her şeyi anlattı. İstese bir şey olmamış gibi yapardı, Ayperi'nin bunları öğrenmesi imkânsızdı ancak Alphan ondan hiçbir şeyi saklamak istemiyordu. Telefonun karşısında i Ayperi duydukları karşısında her kadın gibi burkuldu ancak hiçbir şey söyleyemedi. Alphan'a hak verse de içten içe kıskanmış, fakat bunun üzerine konuşmamıştı, bozulduğu ses tonundan anlaşılıyordu. Alphan ise "Gün sonunda herkes kendini düşünüyor ne yazık ki, ben de böyle yapmalıydım," dedi ve konuşmaları bitti. Bir daha da aramaz artık beni diye düşündü. Yanıldığını İstanbul'a geri döndüğünde anladı.

Ayperi buluşmak istedi, Alphan'ın evinde buluştular, aralarındaki çekim hiç dinmemişti. Sanki sevişemedikleri günlerin acısını çıkarttılar. Ayperi'nin vicdan azabı geri geldi, Alphan kahroldu, yine ayrıldılar. Bu durum her seferinde daha da şiddetli oluyor, onların kısır döngüsü haline geliyordu. Her buluşmaları uzun yıllardan sonra kavuşmak her gidişleri azap veren bir ayrılık gibiydi. İkisinin de yarın ne olacağı konusunda hiçbir fikirleri yoktu.

Artık ne kadar istemeseler de iş yerinde de birbirlerini görür olmuşlardı. Orada sanki iki iş arkadaşı gibi davranmaları da içlerini yakıyordu. Bir akşam, işyerinden beraber çıktılar, Ayperi o gün arabasız gelmişti. Alphan, "Hadi seni, ben bırakayım," dedi ve arabaya bindiler. Söylenecek çok şey vardı ama onlar sustular. İki saat boyunca kurdukları cümleler beşi geçmedi. Beni bırak burada ben taksiyle giderim. Olur, mu öyle şey, ben bırakırım gibi cümlelerle konuştular. Sanki ayrılık çanları bu kez gerçekten çalıyordu. Nihayet vardılar. Arkada çalan şarkı manidardı. İlk öpüşmelerinde, bizim şarkımız olsun dedikleri, Ayperi şarkı boyunca sarıldı, kokladı. Alphan da kokladı. İkisinin de gözleri kapalıydı. Yol boyunca buz gibi olan hava bir nebze ısındı. İkisi ayrı ayrı eksi yirmi derece soğuğa çıksalar tişörtle hiç üşümeden yürüyebilirlerdi, ikisinin de içi yangın yeriydi. Sessizliği Ayperi bozdu ve teşekkür etti. Alphan ne demek şimdi diye düşündü aptallaştı ve acemice ne için olduğunu anlamadan "Rica ederim," dedi, Ayperi bir müddet daha sarıldı. Şarkı bitmişti. Duruma hiç uygun olmayan başka bir şarkı çalmaya başladı. Alphan şarkıyı değiştirdi. Aralarındaki uzaklık sanki güneş ve dünya gibiydi. Hava kararmıştı Ayperi arabadan indi, hiçbir şey söylemedi. Alphan belki bir şey söyler umuduyla camı sonuna kadar açtı. Ayperi giderken sadece ara ara döndü baktı, yüzünde bir ifade yoktu. Alphan onu kapıdan girene kadar bekledi. Apartmanın kapısına vardığında Ayperi bir kez daha baktı ve döndü gitti, kapı kapandı. Alphan hiç vakit kaybetmeden, oradan kaçarcasına gaza bastı. Az bir zaman sonra, sanki kalbinin ortasına, daha yeni yanmış gencecik bir kor düştü, sarsıldı ve derhal o alev bütün vücuduna yayıldı. Belki arar, geri dönerim diye düşündü, arabayı yavaşlattı fakat aramadı. İçindeki yangın hava soğuk olmasına rağmen onu terletti alnı, kulaklarının arkası terledi. Sanki bir devir kapandı gibi hissetti. Başka şeyler düşünmeye çalıştı. O anki duyguları izin vermedi. Kırılmıştı, muhakkak Ayperi de kırgındı. Kırgınlık birbirlerine karşı değil, hayataydı. Öylece yoluna devam etti. Dayanamadı çekti arabayı kenara, kafasını camdan iyice çıkardı, biraz nefes aldı ve tekrar hareket etti, uzaklaştıkça mesafeleri artıyordu. "Sus içim sus, bakalım neler olacak," dedi. İç öyle hemen susar mı? Bakalım uyku olacak mı? Yarın güneş doğacak mı? Teşekkürler. Bu kez sanki gerçekten bitmişti. Bu duygularla, yüzünde kırgınlık, içinde çökmüşlükle eve girdi. Bir film açtı, karşısında uyuya kaldı. Sabah kalktığında da hali pek değişmemişti. O gün evden çalışmaya karar verdi, işe gitmeyeceğini bildirdi.

Öğlen telefonu çaldı. Arayan Ayperi'ydi, her aradığında sevinçle karışık şaşkınlık yaşıyordu Alphan. Dünkü havadan anladığı bir daha aramayacağıydı. İşten çıktıktan sonra buluşmak istedi, evde buluştular, yine seviştiler; arkasından olacakları bile bile seviştiler. Ayperi giderken, bir şey söylemek istedi. Alphan söylenecekleri bildiğinden onu susturdu. Buruk bir gülümsemeyle bir daha ayrıldılar.

Bundan sonra her fırsatta sanki bir daha hiç görüşmeyeceklermiş gibi seviştiler ama tekrar görüştüler. Engelleri konuşmadan, vicdanlarını susturmaya çalışarak seviştiler. Sanki suyun şiddeti barajı paramparça etmişti fakat bu nereye kadar böyle devam edebilirdi ki. Alphan çözümü, başka şeyler yapmakta buldu. Şehir dışına gitmeyi teklif etti, bu olamazdı zaten. İstanbul içinde kuytularda buluştular, birlikte piknik bile yaptılar. Kafalarında "Ne olacak bu işin sonu" düşüncesi hiç bitmedi. Bu aslında çok da problem değildi, öleceğini bile bile yaşamak gibiydi. Her buluşmaları birbirlerine çekimleri, tükenmek yerine artarak devam etti. Birbirlerini göremediklerinde, istediği olmamış bir çocuk gibi sinirleniyor fakat buluştuklarında, göz göze geldiklerinde aniden kızgınlıkları bitiyor, daha da sıkı sarılıyorlardı. İlişkileri tükenmek bilmeden artarak devam ediyordu.

Derken haber geldi. Ayperi'nin sevgilisi iş için bir haftalığına şehir dışına gidecek, döndükten sonra da artık beraber yaşayacaklardı. Son bir hafta. Alphan'ın sinirleri iyice bozulmuştu. Bu kısır döngü bir türlü kırılmıyor, konu ne zaman açılsa Ayperi iki adamı ayrı ayrı sevmenin zorluklarından bahsediyordu. Ne sevgilisinden ayrılıyor, ne de Alphan'dan vazgeçebiliyordu. Alphan bir gece evde sevgilisiyleyken kapıyı çalsa, her şeyi açığa çıkarsa nasıl olurdu? Ama bunu yapmayı hiç düşünmedi, o Ayperi'ye zarar verecek, onun düzenini bozacak, onun özgür iradesini hiçe sayarak bunu yapacak biri asla değildi. Ertesi gün için buluşmaya karar verdiler. Fakat Alphan o gece, evine başka bir kadın çağırdı. Onunla içi kan ağlaya ağlaya sevişti. Aklı, duyguları Ayperide ancak bedeni başkalarındaydı. Hiçbir şeyden haberi olmayan kadına, yalnız kalmak istediğini söyledi, özür dileyerek onu evine bıraktı. Kendi ile barışını bu şekilde bozmuştu. Ertesi gün epeyce geç uyandı. Telefonuna baktığında Ayperi'nin cevapsız aramalarıyla güne merhaba dedi, içi daha da kararmıştı. Yüzünü yıkamaya gittiğinde aynada, kararmış yüzüyle selamlaştı. İçinden sanki zorla Ayperi'yi koparmaya çalışıyordu. Karanlıkta sanki aşağı düşmeye son hızla devam ediyor fakat bir türlü zemine varamıyordu. Ayperi'yi aradı çok neşeli bir ses onu karşıladı. Alphan'ın sesi de yüzü gibi koyulaşmıştı. Bu sesi duyan Ayperi telaşlandı ve ne olduğunu sordu. Alphan her şeyi tüm çıplaklığıyla anlattı. Ayperi'nin boğazında ki düğüm bir bağırışla çözüldü. Alphan sessizce dinledi. Ayperi ağlaya ağlaya, "Bunu nasıl yaparsın," dedi. Alphan ona sadece"Haklısın," diyebildi. Telefonu kapattılar. Alphan on beş raunt boyunca bir türlü yere düşmeden dayak yemiş bir boksör gibi olmuştu. Ayperiyi bu denli üzdüğü için kendinden tiksiniyordu. Ama aylardır deniyordu, başka türlü aralarındaki bağ kopamıyordu. En azından artık Ayperi'nin vicdan azabı artık dinebilirdi. O gün âdeta Ayperi'nin mutluluğu için Alphan kendini kurban etti. Gün içinde olan Ayperi'nin aklına geldikçe, Alphan'ı arayıp kızgınlığını dile getirmişti. Bu durum Alphan'ın içine hiç sinmemişti, yüz yüze konuşmak daha sağlıklı olacaktı. Hava kararmaya yakın, hazırlandı ve yola çıktı.

Çalan kapıyla, evde öylece oturan Ayperi irkildi. Kapıyı açtığında karşısında Alphan öylece onun yüzüne bakıyordu. Oldukça soğuk bir tavırla onu içeri davet etti. Alphan hiç vakit kaybetmeden, söze başladı, "Böyle olmasını istemezdim, ama başka çare kalmadı, defalarca denedik görüşmemeyi beceremedik. Bu şekilde, geri dönülmez bir olay, ancak bunu sağlayabilirdi. İşe yaradı da, bana nasıl bakıyorsun. Başka türlü olmayacaktı. Kendi duygularımı nereye kadar hiçe sayabilirdim ki. Ayrıl bana gel diyemedim sana, bunu senin kendi kendine yapmanı istedim. Akşamları hep bekledim, kapı çalsın; bir açayım sen, en özgür halinle, hiçbir engel olmadan tamamen kendin olarak, bana gülümsüyorsun; gözlerin, aynı ön dişlerin gibi parlıyor, kararlı ve sevgi dolu sen. Ama bunca zaman olmadı, ben bunu söylemedim sana baskı ve manipülasyon yapmak istemedim. Yapsaydım bu aramızdaki sevginin saflığını bozardı, bu şekilde olmasındansa olmasın. Artık kafan rahatlar. Kusura bakma, farkındayım çok sert oldu ama başka türlü olamazdı," dedi. Ayperi'nin içindeki toy taraf onu anlamasa da, bilge tarafı Alphan'ı anlamıştı. Konu kapanmıştı. Ayperi gözlerini Alphan'a dikti, "Bu evden çıktığında iki iyi dost, arkadaş olacağız, seni anlıyorum. Son ama gerçekten son kez, bir önce söylenen son kezler gibi değil, sevişelim," dedi ve seviştiler. Bu, onların son sevişmeleri oldu.

Gerçekten de kafa olarak Alphan o evden bu şekilde çıktı. İçinde ilk kez onunla arkadaş olmayı kabul etmişti. Ertesi gün telefonlaştılar, Ayperi'de bir tuhaflık vardı. Hiç dost ya da arkadaş sıcaklığı sesine yansımıyordu. Alphan bunu kendisine açıkça sordu, biraz ısrardan sonra Ayperi, üzerine alınmaması gerektiğini ve arkadaş kalmak için zamana ihtiyacı olduğunu söyledi. Alphan, bunu ısrar sonucu kendisine söyleyen Ayperi'ye bunu kendiliğinden ben sormadan söylemeliydin diyerek sitem etti. Ertesi günler de Alphan saygısından onu hiç aramadı. Sadece mesajlaştılar, sadece bir kez konuştular, soğukluk devam ediyordu. Günler geceleri, geceler günleri böyle böyle kovaladı, haftanın son günü geldi. Alphan o gün Ayperi'nin kapısını çalmak istedi, fakat ona olan saygısı Alphan'ı durdurdu. Yüzü donuk, öylece bunları düşünüyordu. Karşısında ki duvardan bir farkı yoktu. Ayperi'ye kırgındı. Dışarıda sakin sakin buluşup iki insan, iki arkadaş gibi kahve içebilirlerdi ama olmadı. Gün biterken telefon çaldı. Arayan Ayperi'ydi. Görüntülü arıyordu.

Gayet sakin bir tavırla Alphan telefonu açtı artık onunda yüzünde ve sesinde kırgınlıktan ötürü soğuk havalar esmekteydi. Vakit gelmişti, selamlaştılar, hatır sordular. Alphan bu konuşmayı çok uzatmak istemiyordu. Vakit geçtikçe içi daha da kanayacak, kırılacaktı. Son sigarasını yaktı, "Bu sigara bitsin kapatacağım," dedi. Arka arkaya hızlı hızlı çekti nefesleri, konuşmadan sadece telefonun ekranına bakıyordu. İçinde büyük bir boşluk vardı. Hiçbir şey yapmıyor gibi sadece duruyor gibi gözükse de ilk andan itibaren yaşananlar tüm detaylarıyla gözlerinin önünden geçiyordu, sessizliği Ayperi bozdu, "Yavaş iç bari" dedi. Alphan, hiçbir şey söylemeden kendini yavaşlattı. Gözünden geçen film kareleri de yavaşladı. Bir müddet sonra Ayperi yine sordu "Bana söylemek istediğin Bir şey var mı? " Alphan bir an durduktan sonra sadece "yok," dedi. Yine sessizlik başladı. Bu sefer sessizliği Alphan bozdu, "Bu zamana kadar söyleyeceğim her şeyi söyledim," dedi ve ekledi "Senin söyleyeceğin bir şey var mı?" Kadın, "Seni çok seviyorum," dedi birkaç kez. Alphan bunu beklemiyordu, sadece sustu. Bir müddet sonra konuştu, "Sanki bu zamana kadar, ben seni sevdiğimi söylerken karşılığında kaldığın suskunlukları telafi ediyor gibisin," dedi, Ayperi, "Bende bunu düşündüm," diye, cevap verdi ve devam etti, "Bunu sana söylerken bir karşılık beklemiyorum," dedi. Alphan'ın sigarası iyice ufalmıştı. Sigaraya baktı, Ayperi'ye gösterdi. Son nefesini çekti, söndürdü. Ayperi o an da bir kez daha "Seni çok seviyorum," dedi. Alphan da "Ben de seni seviyorum," diye, karşılık verdi. Ayperi, "Ne olur, kalbin kırılmasın buradan kocaman sarılıyorum kalbine, kırılıp senden ayrılmasın, kendine küsme," dedi. Adam, "Bu zamana kadar ayrılmadı, merak etme," dedi. Sessizlik oldu, "Kapatıyorum," dedi, Alphan. Ayperi, "Tamam," dedi. Alphan manalı bir şekilde iyi uykular diledi. Ayperi, "İyi geceler," dedi. Alphan derhal telefonu kapattı ve nokta. Sanki o an bir yıldız kaydı.

Sen gözlerimde oluşamamış bir damla gözyaşısın
Yağmur sıkıntısında gökten düşemeyen bir yağmur damlasısın
Demlenmemiş bir çay gibisin
Yaşanmamış tatlı bir anısın
Sessizliğin içinde kimseye fark ettirmeden
çırpınan bir kelebeksin.
Bulutlu bir gökyüzü gibisin
Bense bir sofradayım
Karşımda yine yalnızlığım, sessizce bana bakıyor, merhaba...

Son

Lütfen bunu okumadan önce kitabın en başına dönünüz ve ilk hikâyeyi okuyunuz, sonra buna devam ediniz.

Gözleri doluydu, başını mektuptan kaldırdı, etrafa öylesine bir baktı, asılı kalmış gözyaşı etrafı net görmesini engelliyordu ve nihayet o damla yavaşça yüzünden süzüldü, çenesinden akarak üzerindeki kıyafete düştü. Sanki düşme sesini duymuştu. Bu öyle üzüntüden akan bir yaş değildi. Nereden nereye diye düşündü. O haliyle karşılaşsa şimdi, söyleyecek çok şeyi vardı. Ancak bu mümkün değildi. Bir an önce kendi mektubuna bir cevap yazmalıydı. İçinde hiç kızgınlık yoktu, aksine müthiş bir şekilde huzurluydu. Bu hali de yüzünden okunmaktaydı. Yavaşça kalktı, çalışma odasına gitti, bir kâğıt aldı. Hareketleri yavaş ama kararlıydı. Kalemlerin bulunduğu yerden, sanki kadim zamanlardan kalmış tüy şeklinde. Yeşil yazan dolma kalemini aldı ve yazmaya başladı.

Elbette değil, annenden babandan alamadığın sevgi. O hissi bir daha düşün bakalım gerçekten sevgi mi?

Sonra sadece otur sakince bir yere, derin derin nefes al ve bir kez daha kendinle tanışmayı dene.

İnsanlara bağladığın umutlarını geri al hemen, onları kendi içindeki toprağa ek, bırak orada büyüsünler. Her gün bak o toprağa. Bir bakmışsın küçücük yeşil bir nokta oluşmuş, filiz kendini göstermiş. Her gün çık içindeki bahçeye, sula. Bir bakmışsın filizler dallara, dallar ağaçlara dönüşmüş. Bunlar öyle ağaçlar ki yeryüzünde eşi benzeri yok.

Ne az çabala, ne de çok.

Gerekmeyen yerlerde gazı kökleme ki çarpmayasın duvara.

Sevginin en saf halini hayal et içinde. Kelimelere dökemedin değil mi? Ama içinde hissettin. Uğraşma tanımlamaya, belki de o his işte hayat, kim bilir?

Bütün biriktirdiklerini, iyisiyle kötüsüyle bırak bakalım kenara, boşalt köşeleri ne kaldı elinde, bir dur bakalım böyle birkaç saniye. Ne hissettin? Belki de bu boşluk hissi hayat, kim bilir?

En üzüntülü anlarını düşün bir? Neredeler? Yoksa gülümsedin mi? Belki de hayat bu his, olabilir mi?

Anlatma çabasını da bırak, sadece ne yapıyorsan, onu yap. Nasıl hissettin? Ferah mı? Belki de budur hayat, kim bilir?

Değirmenlere meydan okumak mı? O satırın üstünü çizdim bile. Bir gereksiz doluluk daha gitmedi mi içinden?

Bilmiyorum de bilmediğine, ne olacak?

Bir halt ettiğinde hesaplaş her yönüyle. Bir düğümü çözmek zorlar elbette, peki çözüldüğünde insana iyi gelmez mi?

Kapasiteni son raddesine kadar zorladın, her yolu denedin, yine de olmadı mı? Bırak, bir sakinle, zaman ver kendine, belki daha vakti gelmemiştir. Sen devam et sadece.

Zaman zaman hakkın yenir gibi, hayat başkalarını kayırır gibi olur ama ölüm kayırmaz, merak etme.

Narin bir kuş tuttuğunu düşün elinde. Sadece kuşu düşündüğünde, elin bilir ne kadar sıkacağını. Sadece izin ver kendine.

Bir nefes daha al şimdi, sonra ver, bir daha al, ver. Gördün mü yaşıyorsun işte. "E o zaman da yaşıyordum" diyorsun, duyuyorum. O zaman, süreç devam ederken sonucun gelmesi için durmadan ısrar etme, biraz bekle.

Kafanı kaldır, sadece yaşamı izle. Bugüne kadar tutunduğun dallar hep insanlardı belki de en dürüstü, en temizi bile olsa kırılabilir. Unutma, insanlar ölüyorlar. Ama hayat dalı sen yokken de varken de var. Sen gidince de olacak, bırak bütün tutunduğun dalları. Tutun kendine. Kendini zamanın serin sularına bırak, bakalım ne olacak? Sen nasılsan hayat öyledir belki, belki de hepsi ve daha da fazlası. Kim bilir?

Hayat ne? Daha bilemedim dostum, belki de hiç bilemeyeceğim ama ne değil, artık biraz daha iyi biliyorum kendimce.

Mektubu özenle katladı, usulca yerinden kalktı salona yöneldi, kırmızı zarfı az önce bıraktığı yerden aldı, yeni yazdığını içine koydu, zarfı kapattı. Yarın ilk iş bu mektubu postalayacaktı. Bakalım mektubu bir daha ne zaman görecekti? Belki de hiç. İçi kıpır kıpır oldu. Işığı söndürdü, kapıyı kapattı ve karanlık.

BEYAZ
odadan
HİKÂYELER
ALPER SALDIRAN
İnsanın kendi limitlerini
bilmemesi çok heyecan verici.
3.
BASKI

SİYAH odadan HİKÂYELER
ALPER SALDIRAN
KARAKARGA